Weihnachten in Tohuwabohu

Tom Pauls • Peter Ufer

 aufbau

Tom Pauls, geboren 1959 in Leipzig, Schauspieler und Kabarettist, gastiert regelmäßig auf großen Bühnen und in Konzerthäusern, drehte mehrere Spielfilme und ist regelmäßig im Fernsehen zu sehen. Am 11. 11. 2011 gründete er das Tom Pauls Theater in Pirna, spielt dort seine erfolgreichen Stücke und begrüßt, wann immer er kann, die Gäste persönlich.
Mehr zum Autor unter www.tom-pauls-theater.de

Peter Ufer, geboren 1964 in Dresden, promovierter Journalist und Autor, schreibt u. a. für die »Sächsische Zeitung« und arbeitet für den MDR. Er ist Spezialist für sächsische Sprache und initiierte die jährliche Kür der »Sächsischen Wörter des Jahres«. Sein »Großer Gogelmosch« ist das exklusive Wörterbuch der Sachsen. Gemeinsam mit Tom Pauls betreibt er das Theater in Pirna.
Mehr zum Autor unter www.peterufer.de

Tom Pauls • Peter Ufer

Weihnachten
in Tohuwabohu

aufbau

ISBN 978-3-351-03988-2

Aufbau ist eine Marke
der Aufbau Verlage GmbH & Co. KG

1. Auflage 2022
© Aufbau Verlage GmbH & Co. KG, Berlin 2022
Hinweise zu den Quellen am Schluss des Bandes
Umschlaggestaltung zero-media.net, München
unter Verwendung einer Illustration von © Matthias Kiefel
Satz Greiner & Reichel, Köln
Druck und Binden CPI books GmbH, Leck, Germany
Printed in Germany

www.aufbau-verlage.de

Inhalt

Erster Advent

Zweiter Advent

Dritter Advent

ERSTER ADVENT

Tom Pauls

Der Amex-Gold-Baum

Anfang der 1990er Jahre bekam ich vier Wochen vor Heiligabend ein überraschendes Angebot: »Bestellen Sie sich jetzt exklusiv einen Weihnachtsbaum direkt zu sich nach Hause.« Diese Aufforderung erhielt ich nicht etwa vom Forstamt oder von der Baumschule, sondern von dem Anbieter meiner nagelneuen Kreditkarte.

Erst wenige Monate vorher hatte mich eine Bankangestellte mit einer »AMEX-Gold-Card« ausgestattet. Ich nahm sie an und vermutete, die Karte wäre dazu da, Waren zu bezahlen oder Geld abzuheben. Niemals ahnte ich, dass eine amerikanische Bank auch Weihnachtsbäume im Angebot haben könnte. Da wir zu Hause traditionell am 23. Dezember die Tanne aufstellen und schmücken, schien die Offerte des Bankhauses ein glücklicher Zufall. Ich bestellte den exklusiven Amex-Gold-Baum.

Immerhin brauchte ich so nicht in den Wald, um mir mein persönliches Prachtexemplar zu sägen. Im Vorjahr hatte ich noch mit meiner Frau zwischen unzähligen Bäumen gestanden. Wir begaben uns auf die Suche nach unserem schönsten Gewächs. Schon nach wenigen Metern sah ich eine großartige Rotfichte, zeigte die meiner Frau, und sie sagte: »Wollen wir eine Rotfichte?« Ich wusste sofort, dass wir keine Rotfichte wollten. Ganz in der Nähe stand eine Nordmanntanne, kräftig und ausladend. Ich zeigte auf dieses gut gewachsene Stück. Meine Frau sagte: »Ganz schön groß. Wollen wir so eine große Nordmanntanne?« Wir wollten auf keinen Fall so eine große Nordmanntanne. Meine Frau zeigte mir nach einer halben Stunde vergeblichen Suchens eine Nordmanntanne: nicht zu groß, nicht zu klein, rundum gleichmäßig gewachsen. »Wollen wir die?«, fragte sie. »Ja, die wollen wir«, sagte ich. Ich ergänzte, dass es sich bei dem von ihr gefundenen Baum um das Musterstück einer Nordmanntanne handle. Ich begann am Stamm zu sägen, schwitzte, sägte, schwitzte, fluchte, weil die Säge nicht so wollte, wie ich wollte. Ich fluchte, schwitzte, sägte. Da krachte der Baum plötzlich um und wäre mir fast auf den Kopf gefallen. Wir schleppten ihn zur Kasse. Dort wurde er durch einen Trichter gezogen, legte die Äste an, bekam ein Netz übergezogen. Ich bugsierte das gute Stück, erneut schwitzend, in den Kofferraum des Autos.

All diese Mühen sollten mir in diesem Jahr erspart bleiben, denn die Amerikaner würden mir die perfekte Tanne direkt in mein Dresdner Heim bringen. Es herrschte große Vorfreude. Nach der schriftlichen Bestellung erhielt ich die Zusage, dass mir für 95 Deutsche Mark und 90 Pfennig plus Versand pünktlich ein 2 Meter 30 hoher Baum geliefert werde. Ich erschrak sowohl über die Höhe des Preises als auch über die Höhe des angekündigten Baumes. Doch bestellt war bestellt, eine Stornierung nicht möglich. Eine Woche nach der Bestellung fragte meine Frau, wann denn der amerikanische Baum kommen würde. »Der kommt pünktlich, haben die versprochen«, antwortete ich. »Es dauert bestimmt noch etwas, bis das gute Stück aus Kalifornien zu uns gelangt.«

Der Baum ließ auf sich warten. Als er am 22. Dezember immer noch nicht geliefert war, fragte meine Frau, ob ich die Bestellung auch wirklich richtig aufgegeben habe. Ich sah noch einmal nach, fand das Formular, das bestätigte, dass der Amex-Gold-Baum pünktlich angeliefert werde. Überall in der Nachbarschaft sah ich herrliche Weihnachtsbäume in den Stuben glänzen. Wir befanden uns noch im Stadium der Vorfreude.

Am Morgen des 24. Dezember klingelte es 10 Uhr 30 an der Haustür. Ich sah aus dem Fenster, auf der Straße parkte ein Lieferwagen mit dicken länglichen Rollen auf der Ladefläche. Ich lief raus. Vor der Tür stand ein Mann und sagte: »Frohes Fest! Hier ist Ihre Amex-Bestellung.« Ich fragte den Lieferanten: »Und Sie kommen jetzt mit dem Baum direkt aus Kalifornien?« Der Lieferant schüttelte den Kopf und sagte: »Nee, die Dinger komm, gloobe ich, aus Dänemark. Kann ooch sein, die sin ausm Erzgebirge. Keene Ahnung.« Dann übergab er mir eine in schwarze Folie gewickelte riesige Rolle. Ich schleppte die Riesenrolle ins Wohnzimmer, zerrte an der Folie. Es rieselten grüne Nadeln auf den Fußboden.

»Ah, der Baum ist da. Pünktlich!«, sagte meine Frau und holte den Weihnachtsbaumschmuck aus dem Schrank. Ich eilte auf den Boden, fand zum Glück schnell den Baumständer, bugsierte ihn in die Küche, füllte ihn mit Wasser, lief damit ins Wohnzimmer, steckte den untersten Teil des Stammes hinein. Der Baum stand einigermaßen gerade da. Wir hatten nicht die Zeit, ihn weiter zu bewundern, sondern schmückten ihn mit Engelshaar, bunten Kugeln aller Größen, setzten auf die Spitze eine karierte Schleife. An die Zweige hängten wir zarte Figuren, eine stickende Oma aus Blech, eine kleine Tänzerin aus Holz, eine saure Spreewaldgurke aus Lauschaer Glas. Zum Schluss setzte ich in die auf den Zweigen angebrachten Halterungen Wachskerzen. Ich zündete sie an. Pünktlich zur Bescherung leuchtete der Baum wundervoll. Nur unter den Zweigen lag allerhand grünes Kleinzeug.

Mein Sohn bekam zum Heiligen Abend ein Dreirad geschenkt. Kurz nachdem ich am Morgen des 25. Dezember aufgestanden war, kreiste er mit seinem neuen Gefährt gefährlich nah um den Amex-Gold-Baum. Ich wünschte dem rollenden Nachwuchs einen guten Tag.

In dem Augenblick krachte er mit seinem Gefährt in die vordersten Zweige unseres teuren Weihnachtsbaumes. Von oben rieselten leise Tausende kleine Teilchen wie Stecknadeln auf mein Kind, sein Dreirad und den Fußboden. Pünktlich um 11 Uhr 20 stand das Exemplar, befreit von allem Grün, im Wohnzimmer. Ich begann, ausgerüstet mit Besen und Schaufel, die Restbestände des Baumes kiloweise vom Boden aufzukehren.

Als ich am 27. Dezember zur Probe ins Theater kam, besprachen die Kollegen das frohe Fest. Ich fragte sie: »Und wie war bei euch Weihnachten?« Sie sagten wie aus einem Mund: »Tadellos!« Einer der Kollegen fragte mich: »Und wie wars bei dir?« Ich antwortete: »Nadellos!«

Bernd-Lutz Lange

Einmal im Jahr

1993 war ich mit meinem Kollegen Gunter Böhnke und unserem Pianisten Rainer Vothel auf Einladung des Goethe-Institutes in den USA. Wir spielten Kabarett in Saint Louis, Dallas, Houston und hatten drei Vorstellungen in Los Angeles.

Dort haben meine Frau Stefanie und ich gute Freunde; nach unserer Tournee luden uns die aus Leipzig stammenden Margot und Henry Bamberger ein, mit ihnen San Francisco zu besuchen. Wir bestiegen den Jaguar von Henry, und er düste über den Highway Number One mit einer Zwischenstation im herrlichen Küstenort Monterey in die kalifornische Metropole. Wir bummelten durch San Francisco in der Vorweihnachtszeit und kauften für unseren Tannenbaum in Leipzig ein kleines rotes hölzernes Cablecar. Als Linien sind darauf vermerkt: POWELL AND MARKET und HYDE AND BEACH. Es ist das Cablecar Nr. 39. Der Weihnachtsmann hängt in der Tür, und zwei Glöckchen bimmeln vom Dach.

Ich erinnere mich noch genau, wie ich mit Henry solch ein Gefährt bestieg, der Fahrgastraum überfüllt war und der schwarze Schaffner meinen Freund aufforderte: »Hang up!« Und so stand Henry mit 70 Jahren auf dem Trittbrett, hielt sich tapfer an den Haltestangen fest und ließ sich von der Kabelbahn den Hügel hinauf chauffieren. Und ich dachte bei mir: In Deutschland unvorstellbar!

Der Kauf weihnachtlichen Baumschmucks auf Reisen ist für meine Frau und mich seither zu einem Ritual geworden, von jedem Urlaub bringen wir ein Souvenir mit. Dabei handelt es sich fast nur um Dinge, die nie dafür vorgesehen waren, am Zweig eines Baumes zu hängen. Einmal im Jahr, wenn wir am Vormittag des Heiligen Abends unseren Baum schmücken, erinnern wir uns an den Aufenthalt in Städten und Landschaften, die wir seit 1990 sehen konnten, übertölpeln so die schnelllebige Zeit und lassen uns von den Mitbringseln – wie eben durch jenes hölzerne Cablecar – an Erlebnisse und Beobachtungen erinnern. Und so fragt an diesem Vormittag oft einer den anderen: »Weißt du noch?«

Ich will Ihnen ein paar ausgewählte Stücke vorstellen. Eine kleine Naturholzkrippe – zum Anlass sehr passend – hängen wir an einen kräftigen Zweig. Zu sehen sind in Umrissen Maria und Joseph, eine Palme und ein Stern über dem angedeuteten Stall. Diese Krippe stammt direkt aus Bethlehem, wurde an einem Stand vor der Geburtskirche Christi erworben und ist dort natürlich in x Varianten für die Touristen aus aller Welt erhältlich. Mir fällt dabei ein, wie wir fromme Moslems in dem Ort erlebten, die, weil die Moschee überfüllt war, ihren Gebetsteppich auf der Straße ausgerollt hatten. Die Stimme des Imams tönte schrill aus einem Lautsprecher, sie erinnerte mich an die Aufmärsche in der DDR zum 1. Mai. Ich bemerkte in der Nähe einen Mann, der bestimmt sehr arm war, denn er legte keinen Teppich, sondern einen flachen Karton auf den Boden und kniete sich auf seine »Gebetspappe«.

Aus Rom brachten wir Protestanten uns einen hölzernen Rosenkranz mit, den wir nun jedes Jahr über einen Zweig hängen. Die Katholiken sprechen die dazugehörige Andachtsübung in mehreren Teilen zur Ehre der Gottesmutter Maria. Vor einer Kirche sah ich in Rom ein etwa 12-, 13-jähriges Mädchen, das mit einem Baby im Arm bettelte. Das Baby war so in Stoff gehüllt, dass es kaum zu sehen war. Ich hatte plötzlich einen Verdacht und näherte mich von hinten den beiden, eine Säule als Tarnung ausnutzend. Und tatsächlich, meine Vermutung bestätigte sich: In ihren Armen befand sich gar kein Baby, eine rosafarbene Decke war nur geschickt drapiert, dass es so aussah. Die Rechnung der kleinen Psychologin ging auf – das arme Mädchen mit ihrem Schwesterchen! Und während sie die leere Decke wiegte, klimperten die Münzen der Touristen in einen Plastikbecher.

Paris ist an unserem Weihnachtsbaum mit einem silbernen Jugendstilanhänger in Größe einer Münze vertreten, auf dem reliefartig das Wahrzeichen der französischen Hauptstadt abgebildet ist. »La tour Eiffel« steht darauf. Ich entsinne mich genau an jenen Flohmarkt, auf dem ich den Anhänger erworben habe. Auf der angrenzenden Straße wurde mit Akkordeon, Geige und Gitarre musiziert. Eine Frau sang vor einem Mikrofon, und Menschen unterschiedlichen Alters tanzten auf dem Asphalt nach chansonartigen Weisen. Genau so, wie man sich das Pariser Leben vorstellt!

Ein paar hundert Meter weiter, im Vorraum eines großen Geschäftes, saßen an diesem Sonntag im August zwei Männer auf einer Schaumgummimatratze. Im Schaufenster daneben hing die Werbung für ein Parfüm: l'Anarchiste. Der eine Mann, er trug eine helle Hose und ein gelbes Jackett, wirkte auf mich geradezu wie ein Intellektueller, der andere, im grünen Blouson, schien sein Leben schon länger mehr oder weniger auf der Straße zu fristen. Er öffnete den Deckel einer weißen Plastikschüssel, dann riss er an einem Karton zwei Streifen ab. Ich tat so, als schaute ich in die Auslagen des Geschäftes, und beobachtete fassungslos, dass die beiden jene Pappstreifen als Löffel benutzten und aus der Schüssel damit Reis aßen. Ich hatte das starke Bedürfnis, ihnen etwas Gutes zu tun, drückte dem Mann im grünen Blouson im Vorbeigehen einen Schein in die Hand und sagte dabei: »Pour vin.« Er antwortete: »Merci beaucoup«, und schaute mich verwundert an.

Ein kleiner roter Holzelch am Weihnachtsbaum kündet von unserer Schiffsreise nach Norwegen. Wir kauften ihn auf einem Markt in Bergen. Wenige Meter entfernt hielt ein Auto, das mit Obst beladen war. Den Werbespruch auf der Karosse habe ich mir in mein Notizbuch geschrieben: Lev sunt og riktig – frukt er viktig. Den Sinn kann man sich schnell entschlüsseln – wie oft bei Wörtern im Norwegischen. Die sehen aus, als hätte sie ein Deutscher mit einer gravierenden Rechtschreibschwäche zu Papier gebracht. Wie zum Beispiel internasjonal, musikk, aldersgrense, kvalitett, regncape oder fysioterapi.

Die kleine Flasche Chianti am Baum stammt direkt aus Chianti, jenem Gebiet zwischen Florenz und Siena in der Toskana. Diese Landschaft haben wir besonders genossen. Der Inbegriff der ländlichen Toskana ist für mich ein Gehöft auf einer kleinen Anhöhe, von Zypressen umgeben. Wir wohnten in einem alten Dorf, das zu einer Hotelanlage umgestaltet worden war. Im Zimmer, wie stets in der Toskana, schöne alte Möbel. Die Schranktür knarrte schon seit über 100 Jahren. Welch eine Achtung vor der Kultur der Altvorderen, kein Vergleich mit den geleckten deutschen Hotelzimmern aus dem Katalog. Es gibt, das war mein Eindruck, einfach keinen Kitsch. In der Toskana ist es jedenfalls undenkbar, sich einen bunt bemalten Autoreifen in den Vorgarten zu legen ...

Aus Südtirol brachten wir uns ein Strohpüppchen mit, das einen Blumenkorb im Arm hält, ein rotes Band ziert den Hut. Wir wohnten im Hotel Grüner Baum in Brixen. Eine ehemalige Leipzigerin hatte uns eingeladen. Ruth Döry war früher am Connewitzer Kreuz zu Hause gewesen, nun lebte sie schon viele Jahre in Israel. Je älter sie wurde, umso weniger vertrug sie dort die sommerliche Hitze. Deshalb fuhr sie nach Brixen. Ermöglicht hatten ihr die Reise letztlich die Demonstranten von Leipzig. Dadurch bekam sie jenes Haus am Connewitzer Kreuz zurück, das einst ihren Eltern gehört hatte. Sie verkaufte es und konnte sich mit dem Erlös in ihren letzten Lebensjahren den Aufenthalt in Südtirol finanzieren. Das Hotel besaß ein Schwimmbecken, und ich kam dort eines Tages mit einer blonden, blauäugigen Frau ins Gespräch, die sich neben mir auf einer Liege sonnte.

Sie stammte aus Mailand, und ich entdeckte plötzlich eine eintätowierte Nummer an ihrem Arm. Sie war sehr verwundert, dass ich es bemerkt hatte und ihr sagte: »Sie waren in einem Lager.« Die Italienerin hatte einen langen Leidensweg hinter sich. Sie war 14 Jahre alt, als die Deutschen kamen und sie nach Auschwitz, Ravensbrück, Malchow und sogar in die Nähe meiner Heimatstadt, nach Taucha bei Leipzig, verschleppten.

Auch der Todesmarsch blieb ihr nicht erspart. »Einer lag angeschossen am Wegesrand, bettelte den Uniformierten an: ›Endige mich, endige mich!‹ Er hat um den Tod gebettelt.« Während sie mir das alles erzählte, rannen Schweißperlen über ihr Gesicht, die sich mit Tränen mischten.

Aus Venedig hängt an unserem Weihnachtsbaum ein gläserner, in Blei gefasster Davidstern. Wir kauften ihn im Stadtviertel Ghetto. Was weltweit zum Synonym für ein jüdisches Gebiet wurde, begann in Venedig. Das Wort bedeutet im venezianischen Dialekt Metallguss. In jener Gegend gab es einst einige Metallgießereien. Im 16. Jahrhundert siedelten sich dort Juden an. Abends schlossen die Venezianer die Tore des Ghettos, sie wurden von Soldaten bewacht, die auch noch von den Juden bezahlt werden mussten. Die Diskriminierung der jüdischen Bewohner hat also auch in Italien eine lange Geschichte.

In der Bretagne entdeckten wir eine Art Miniaturstollenbrett aus Keramik. Die folkloristische Arbeit ist farbig glasiert, eine Frau in bunter Tracht ist darauf zu sehen, die zwei Körbe mit Fischen trägt. Wir kauften das Erinnerungsstück in Saint-Thégonnec. Ein Höhepunkt bretonischer Kunst ist der umfriedete Kirchhof des Dorfes. Der 1610 errichtete Calvaire zeigt die Leidensgeschichte Jesu Christi. Darüber sieht man den heiligen Thégonnec mit einem Wolf vor seinem Karren.

Das ungewöhnliche Zugtier hatte er eingespannt, weil Wölfe seinen Esel aufgefressen hatten. Und ich dachte, das geschieht dem Isegrim ganz recht!

So kam also über die Jahre Stück für Stück zu unserem Baumschmuck dazu. Der Weihnachtsbaum ist bei uns übrigens nur mit echten Kerzen bestückt. Die Kerzenhalter stammen noch von meinem Großvater Curt, dem Gastwirt, und bezeugen mit ihrer funktionierenden Halterung die damalige sprichwörtliche Qualität. Wenn meine Enkel sie dereinst benutzen sollten, stammen sie dann vom Ururgroßvater. Kerzen am Baum strahlen eine besondere Festlichkeit und Ruhe aus. Bis auf drei. Jedes Jahr gibt es an unserem großen Baum drei Wachslichter, deren Flammen hektisch flackern. Im Gegensatz zu den drei Heiligen Königen am Fuße des Baumes sind das zumeist an der Spitze drei eilige Kerzen. Wir selbst spüren nicht den Hauch einer Luftbewegung, und trotzdem gibt es im Raum geheimnisvolle Ströme, die jene drei Kerzen immer zum schnelleren Abbrennen animieren.

Der älteste Schmuck an unserem Baum ist allerdings nicht gekauft, sondern selbst gebastelt. Aus einer kleinen Wachsplatte formte ich mit meinem Sohn Sascha eine gezackte rote Königskrone. Er war damals drei Jahre. Letztes Weihnachten wurde mir bewusst, dass jene Bastelstunde schon fast 50 Jahre zurückliegt … Unglaublich!

Christian Morgenstern

Die zwei Wurzeln

Zwei Tannenwurzeln groß und alt
unterhalten sich im Wald.

Was droben in den Wipfeln rauscht,
das wird hier unten ausgetauscht.

Ein altes Eichhorn sitzt dabei
und strickt wohl Strümpfe für die zwei.

Die eine sagt: knig. Die andre sagt: knag.
Das ist genug für einen Tag.

Tom Pauls

Der falsche Stollen

Als kleiner Junge übernachtete ich oft schon lange vor Weihnachten bei meiner Großmutter in Leipzig. Die Vorfreude darauf war groß. Doch ich staunte nicht schlecht, als sie mich eines Morgens pünktlich um vier Uhr weckte. Ich kletterte aus den Federn, es war verdammt kalt. Ich schlüpfte eilig in meine Hosen, zog meinen dicksten Pulli an, stülpte mir den Mantel über, band meine Schuhe zu, und schon ging es los.

Meine Großmutter hatte eine Kiste dabei, die voll gefüllt war mit erstaunlichen Dingen. »Was hast du denn da alles drin?«, fragte ich. Sie sagte: »Gestern Abend wurde alles vorbereitet, Tom. Abwiegen, das Zitronat und Orangeat in feine Streifen oder Würfel schneiden. Die Mandeln überbrühen und abziehen, süße Mandeln grob hacken, bittere Mandeln fein hacken und über Nacht in einen warmen Raum stellen. Auch die Rosinen müssen präpariert werden, aber dieses Jahr haben wir nicht viele davon. So, jetzt müssen wir aber wirklich los, die anderen warten schon.«

Wir gingen runter auf die Straße, da standen zwei Nachbarinnen. Die eine sagte: »Habt ihr das Zeug

›von drüben‹?« Meine Großmutter nickte. Ich sah sie verständnislos an. Oma erklärte: »Das Zeug ›von drüben‹ sind die Ingredienzen, die uns Tante Hedwig aus Heuchelheim an der Lahn geschickt hat.« Ich fragte: »Was sind denn Ingre…, Ingredenzen?« Eine der Nachbarinnen antwortete: »Das weeßd du nich, Dom, Ingredienzen sin, also das weeß doch jeder, was Ingredienzen sin. Das is enne Ard Kodword für alle die, die was davon vorschdehn. Wer das nich weeß, der weeß nichd.« Die andere Nachbarin erklärte: »Die meend dä Innereien, die innewendsch in dä Schdolle neinkomm. Die gibds bei uns hier in dor Koofhalle ni, deshalb kriegen mir die von drübn geschickt. Abr das is dob, Siglinde.«

Jetzt mischte sich wieder die erste Nachbarin ein: »Und weeßde, Dom, was dä Genossen in dä Schdolle neinmachn? Weeß du das? Ich sags dir. Die mischen Kürbisschdücke, Möhrn und grüne Domaden in das Heiligste dor sächsischen Backkunsd. Haselnüsse und Schweineschmalz machn die ooch nein. Das is dä Verledzung des Schdollnreinheidsgebods. Diese Gifdmischer!«

Wir gingen los, meine Großmutter sagte zu mir: »Es soll irgendwo bei Berlin ein geheimes Labor geben, in dem Chemiker vom Backwarenkombinat das Kandinat erfanden, einen Ersatzstoff für Orangeat und Zitronat. Dabei unterscheiden die zwischen Kandinat M, dem Ersatz für Orangeat, das aus kandierten gekochten Möhren besteht, und Kandinat T, dem Ersatz für Zitronat, das aus kandierten grünen Tomaten hergestellt wird. Aber kein Mensch bäckt sich Kombinatskandinatsersatzstollen, den müssen die Genossen schon selber essen. Wir nehmen nur die echten Zutaten von drüben. Die schickt uns dä Heuchel-Hedwig-Tante.«

Kaum hatte sie den Satz beendet, standen wir auch schon vor der Backstube. Der Bäcker erwartete uns. Meine Großmutter und die Nachbarinnen überreichten ihm jede mehrere Tüten, auf denen ihre Namen standen. Das waren ihre persönlichen West-Innereien für ihren persönlichen Stollen. Eine der Frauen sagte: »Is das ni schön, bei uns had ni nur jeder eene Schdolle, sondern jeder had seine Schdolle.« Der Bäcker sagte: »Schwadznse nich rum, horchnse droff, sonsd wissen Se dann wieder nischd. Also: Das Mehl in enne Schüssel sieben, in dä Midde enne Vordiefung neindrücken, Hefe zorbröckeln und neingeben.«

Alle standen wir um einen großen Tisch. Meine Großmutter, die Nachbarinnen und der Bäcker kneteten den Teig. Ich setzte mich in eine Ecke. Mir wurde warm. Ich zog meinen Mantel aus, döste vor mich hin, und irgendwann schlief ich ein. Als mich meine Großmutter weckte, duftete es herrlich nach Stollen. Die Frauen legten ganz vorsichtig weiße Laken um ihren Weihnachtskuchen. Es sah aus, als würden sie ein Baby in ihren Armen wiegen. Eine der Nachbarinnen sagte: »Das is das Jesuskind, Dom. Weeßde schon, wer das is, dor Jesus, oder habd ihr den in dor Schule noch ni durchgenomm!?«

Meine Großmutter hatte 28 Stollen gebacken. Sie erkannte jeden ihrer Stollen, denn in jedem Exemplar steckte eine Stollenmarke. Die sahen aus wie ein längliches Metallschild. Die Marken meiner Großmutter waren ein Erbstück ihrer Großmutter Johanna Teichert. An der oberen Spitze prangte eine kleine Plakette aus Meißner Porzellan. Darauf standen in altdeutscher Schrift die Initialen JT. Seit Generationen erkannte unsere Familie ihren Stollen an den JT-Marken.

Sieben von insgesamt 28 Stollen stapelte meine Oma in ihre Kiste. »Die andren hol ich später ab«, ließ sie den Bäckermeister wissen. Wir liefen zurück nach Hause. Großvater freute sich, uns zu sehen. Er sagte: »Da, ich habe schon die Kartons fertig gemacht. So können wir die Stollen gleich wegschicken.« Ich sah ihn entgeistert an: »Wieso wegschicken? Ich dachte, wir essen die!« Großmutter lächelte und meinte, dass wir die Stollen, die noch in der Bäckerei liegen, essen, dass aber diese sieben Stollen, die sie mit nach Hause genommen habe, nach drüben gehen würden. »Du weißt doch, Tom, wir bekommen die Ingredienzen von Tante Hedwig aus Heuchelheim an der Lahn geschickt. Dafür schicken wir ihr dann fertige Stollen. Im Grunde ist die Stolle ein deutsches Einheitsgebäck. Wenn das die Genossen wüssten … «

Silvester übernachtete ich wieder bei meiner Großmutter. Auf ihrem Küchentisch lag ein Brief von Tante Hedwig aus Heuchelheim. Oma nahm ihn und las mir vor: »Wir wünschen euch ein glückliches neues Jahr. Übrigens danke auch für den Stollen, der wieder sehr lecker geschmeckt hat. Allerdings haben wir uns gefragt, wo denn diesmal die Rosinen geblieben sind, die wir euch geschickt hatten. In keinem der Stollen befand sich eine. Da fragen wir uns schon, warum wir euch Rosinen schicken, wenn wir sie dann gar nicht zurückbekommen!?« Großmutter lachte und sagte: »Das ist so typisch, die haben keine Ahnung da drüben. Was wir dieses Jahr gebacken haben, das war Mandelstollen. Wenn die Heuchelheim-Tante wieder meckert, dann schicken wir ihr nächstes Jahr einen Kombinatskandinatsstollen mit Möhren und Tomaten – als Biostollen. Der wird ihr bestimmt schmecken.«

Joachim Ringelnatz

Es schneit

Es schneit dicke Flocken,
Nicht warm, aber frisch gebacken.
Die setzen sich in meine Dichterlocken.
In meinen Schiebernacken,
Auf meine Smoking-Socken.

Sie machen den Polizisten
Gemütlich zum Weihnachtsmann.
Da legen die Touristen
Ihre Polarausrüstung an.

Wir wollen uns alle zusammentun,
Um den Beschluss zu fassen:
Es dürfen alle Sachsen von nun
An nicht mehr ihr Land verlassen.

Sie querten mit wilder Behaglichkeit
Karlmayisch gedachte Fernen
Und blieben Sachsen. Es wird für sie Zeit,
Sich selbst erst mal kennenzulernen.
Es schneit.

Wenn hundert Leute sich einig sind,
Dann fühlen sich die als Giganten
Und schwafeln vor einem vernünftigen Kind
Wie taube verwunschene Tanten.

Es schneit. Wie in unserer Kinderzeit.
Zum Wintersport eingeladen,
Gehe ich schlafen. Es schneit. Es schneit.
Es schneit für den Landmann Kuhfladen.

Es schneit für die Zukunft Straßendreck.
Auf Gräber schneit's weiße Rosen.
Doch es schneit Erbsensuppe mit Speck
In die Taschen der Arbeitslosen.

Tom Pauls und Peter Ufer

Wir schenken uns nichts

Ein Haustürgespräch zwischen
Herrn Masche und Frau Strumpf

M: Guten Tag, Frau Strumpf … Entschuldigen Sie, Frau Strumpf, hallo, Frau Strumpf: Klopf, klopf, klopf …

S: Guten Tag, Herr Masche! Müssen Sie immer mit der Tür ins Haus fallen?

M: Ja, natürlich, Weihnachten steht doch vor der Tür, oder was haben Sie denn gedacht, wer zu Ihnen will.

S: Gehen Sie mal rüber, Masche, ich sehe ja nichts, wenn Sie den Türrahmen ausfüllen wie so ein Weihnachtssack.

M: Ja, ich geh ja schon zur Seite.

S: So, ich sehe immer noch nichts, wo soll denn nun Weihnachten stehen, wo denn?

M: Aber Frau Strumpf, das sagt man doch nur so, kurz vor der Bescherung.

S: Schöne Bescherung, Masche, oder wollen Sie mir etwa zu Heiligabend etwas schenken!?

M: Damit wollte ich Sie ja gerade überraschen.

S: Das können Sie sich schenken, heute ist doch noch gar nicht der 24.

M: Nein, ich wollte Ihnen nur vorschlagen, dass wir uns dieses Jahr nichts schenken. Wir schenken uns doch nichts.

S: Das ist eine sehr, sehr gute Idee, mein lieber Masche, was soll ich Ihnen denn auch schenken. Aber ich wünsche mir von Ihnen …

M: … ich sagte, *wir* wollen uns doch nichts schenken.

S: Na, das ist wieder mal typisch: Erst wollen Sie mich überraschen, und dann soll ich wieder auf die Weihnachtsgeschenke verzichten.

Lene Voigt

Dr Abbel un de Nuß

Ä Abbel hing am Weihnachtsboom
Un dachte in sein Griebse:
De goldche Nuß am Zweich da ohm,
Das wär mei Fall. Ich liebse.

De gleene Nuß war ihrerseits
Däm Abbel ooch gewoochen.
Un so hat jeder dorch sein Reiz
Dn andern angezoochen.

Se dreimten beede vor sich hin
Un winschten bloß das eene:
Ämal im gleichen Maachen drin
Zu schtärm. Ach wär das scheene!

ZWEITER ADVENT

Christian Morgenstern

Winternacht

Es war einmal eine Glocke,
die machte baum, baum …
Und es war einmal eine Flocke,
die fiel dazu wie im Traum …

Die fiel dazu wie im Traum …
Die sank so leis hernieder,
wie ein Stück Engleingefieder
aus dem silbernen Sternenraum.

Es war einmal eine Glocke,
die machte baum, baum …
Und dazu fiel eine Flocke,
so leise wie ein Traum …

So leis als wie ein Traum …
Und als vieltausend gefallen leis,
da war die ganze Erde weiß,
als wie von Engleinflaum.

Da war die ganze Erde weiß,
als wie von Engleinflaum.

Tom Pauls

Tierische Sternstunde

Es war am zweiten Advent. Noch immer leuchtete unser Herrnhuter Weihnachtsstern nicht. Er hing nicht einmal an der Stelle, an der er hängen sollte. »Der Stern fehlt«, sagte meine Frau. »Ach, der hängt noch nicht?«, fragte ich so unschuldig wie möglich. Ihr Hinweis, ich möge die Adventsdekoration möglichst zackig in Gang setzen, beunruhigte mich. Denn der Stern schlummerte, in all seine Einzelteile zerlegt, irgendwo in einer Verpackung an einem mir unbekannten Ort.

Ich wusste genau, dass ich ihn kurz vor Ostern abgehängt, auseinandergenommen, verpackt und verstaut hatte. Dabei dachte ich noch, es wäre viel schlauer, ihn nicht abzunehmen. Denn Sterne funkeln bekanntlich das ganze Jahr. Keiner kommt auf die Idee, sie vom Himmel verschwinden zu lassen, nur weil einmal jemand festgelegt hat, dass sie vom Frühling bis zum Herbst in irgendeiner Kiste eingelagert werden sollen. Den Nachteil dieser Wegräum-Tradition spürte ich jetzt. Ich wusste nicht mehr, wo der Herrnhuter übersommerte.

Am dritten Advent bemerkte meine Frau nachdrücklich, dass sie sehr erfreut wäre, wenn das Ding endlich seinen Platz an der Decke einnehmen würde. »Kein Problem«, sagte ich. Längst standen auf den Regalen und der Anrichte in der Stube Kompanien von Nussknackern und Räuchermännern, die Pyramide auf dem Tisch drehte ihre Kreise, Kerzen flackerten. Die Küche hatte sich in eine Plätzchenbäckerei verwandelt und der Schrank im Schlafzimmer zu einem Versteck für Geschenke. »Nur der Stern fehlt noch«, sagte meine Frau. Ich sagte: »Wusstest du, dass der Herrnhuter Stern zwar dem Morgenstern in Bethlehem gleicht, der aber gar kein Stern ist? Es handelt sich um den hellsten Planeten am Himmel, nämlich die Venus.« Sie entgegnete: »Dann fehlt der hellste Planet, aber er fehlt.«

Am vierten Advent kletterte ich auf den Dachboden, durchforstete sämtliche Kisten und entdeckte nach einer Stunde die siebzehn viereckigen und acht dreieckigen Zacken. Als Finderlohn gönnte ich mir ein Sternburger Bier. Voller Freude präsentierte ich meiner Frau die Kiste. Sie blickte mich an und sagte: »Dann muss er wohl nur noch zusammengebaut werden.« Während ich die Anleitung aus der Kiste zog, entfaltete und vorlas, begann sie mit viel Fingerspitzengefühl zu sternen. Das ist der sächsische Fachbegriff für das Zusammenbauen eines Herrnhuter Sterns. »Wusstest du«, sagte ich zu meiner Frau, die eine Zacke mit einer anderen verband, »wusstest du, dass der Stern ein Rhombenkuboktaeder ist, gerade so, als würde man von einem Würfel die Ecken und Kanten abschneiden und diesem Körper dann Pyramiden aufsetzen.« Sie sagte: »Du meinst, was ich hier gerade mache?«

Ich las weiter in der Anleitung und trug meiner fleißigen Gattin weitere Erkenntnisse meines Studiums vor: »Ein Rhombenkuboktaeder setzt sich aus acht gleichseitigen Dreiecken und achtzehn Quadraten zusammen. Dabei bilden jeweils drei Quadrate und ein Dreieck eine Raumecke. Der Name des Rhombenkuboktaeders beruht unter anderem auf der Tatsache, dass zwölf der achtzehn Quadrate deckungsgleich zu den zwölf Rhomben sind. Der zum Rhombenkuboktaeder duale Körper ist das Deltoidalikositetraeder.« Als ich ihr weitere Details der faszinierenden Geometrie erklären wollte, brach meiner Frau beim Befestigen der letzten Spitze ein Fingernagel ab. Sie rief nur ein Wort: »Aufhängen!«

Am Morgen des Heiligen Abends sagte meine Frau zu mir: »Der Planet ist wohl vom Himmel gefallen.« Mir fiel ein, dass ich den fertig zusammengesetzten Stern abgelegt hatte, um die Leiter zu holen. Aber auf dem Weg musste mich etwas abgelenkt haben, so dass ich nie zu der Leiter gelangt war, sondern eine andere wichtige Aufgabe erledigt hatte.

Jetzt stürzte ich an den Ort, an dem ich den Stern sorgsam abgelegt hatte. Er lag auf unserem Vogelkäfig. Ich erinnerte mich daran, dass ich diese Ablage mit Bedacht gewählt hatte, weil der Stern so nicht wegrollen konnte. In der kleinen Voliere lebte kein Vogel, sondern seit Kurzem ein Hase namens Theo. Vor Theo wohnten dort die Meerschweine Bruno und Arnold, aber beide hatten vor wenigen Monaten das Zeitliche gesegnet. Um unsere Kinder über den Verlust hinwegzutrösten, hatten wir ihnen den Hasen geschenkt. Das Wuscheltier hatte sofort die Sympathie des Nachwuchses gewonnen. Eine rote Spitze ragte durch das Gitter des Käfigs direkt in den Lebensraum des Vierbeiners, aber der schien sich wohlzufühlen unter dem guten Stern.

Ich ergriff den Stern, holte die Leiter, kletterte nach oben, hängte ihn an die Stelle, wo er schon lange hätte hängen sollen. Meine Frau sagte: »Er hängt, aber er leuchtet nicht.« Ich begab mich sofort zur Steckdose, steckte den Stecker rein, und es wurde Licht. Der Stern leuchtete wunderbar rot. Doch aus einer Zacke strahlte es hellweiß wie aus einem grellen Spot. Hase Theo hatte offenbar die in seinen Käfig ragende Spitze als Möhrenersatz begriffen und angenagt. Der gleißende Strahl traf auf die Wand, an der ein Kalender hing. Auf dem stand der Spruch des Tages: »Männer, die bei Frauen hochgezogene Augenbrauen ignorieren, verlieren wertvolle Zeit für die Flucht.«

Lene Voigt

Dr Schneemann

Nee so ä Feez! Nee so 'ne Freide!
Mir hamm ä Schneemann uffgeschtellt
Da draußen in dr Dräsdner Heide,
Ä ulkchern gibbt's nich uff dr Welt.

De Nase, änne halwe Riewe,
Hat Winklersch Baule eingesetzt,
Un Bäzolds Ottcher bracht voll Liewe
Noch änne Brille an zuletzt.

Nee hamm mir da gefeixt im Busche!
De ganze Glasse brilltes raus:
»Där Schneemann sieht ja um de Gusche
Genau wie unser Lährer aus!!«

Hoffmann von Fallersleben
Vom Honigkuchenmann

Keine Puppe will ich haben –
Puppen gehn mich gar nichts an.
Was erfreun mich kann und laben,
ist ein Honigkuchenmann,
so ein Mann mit Leib und Kleid
durch und durch von Süßigkeit.

Stattlicher als eine Puppe
sieht ein Honigkerl sich an,
eine ganze Puppengruppe
mich nicht so erfreuen kann.
Aber seh' ich recht dich an,
dauerst du mich, lieber Mann.

Denn du bist zum Tod erkoren –
bin ich dir auch noch so gut,
ob du hast ein Bein verloren,
ob das andre weh dir tut:
Armer Honigkuchenmann,
hilft dir nichts, du musst doch dran!

Peter Ufer

Gegen bibbern
hilft Muschebubu

Als ich ein kleiner Junge war, hockte ich im Advent gern hinterm warmen Kachelofen. Ich lebte in einer Gegend, wo im Winter die Temperaturen unter null sanken und viel Schnee lag. Zu Weihnachten fand ich unterm Weihnachtsbaum zwei Bretter. Die sind für dich, meinten meine Eltern. Es sei ein Vergnügen, mit den Skiern übers Feld zu gleiten. Ich musste mir die Schneeschuhe an die Füße schnüren und sollte am ersten Feiertag losrutschen. Doch kaum im Freien angelangt, rief ich: »Nee, is das ne Därre!«

Mein Vater sah sich demonstrativ um und fragte mich, wo ich denn hier eine dünne Frau sehen würde. So ist das mit der sächsischen Sprache, dachte ich, sie kann viel bedeuten. Ich meinte mit der Därre, dass es verdammt kalt sei, aber Därre kann im Dialekt ebenso als dünne Frau oder lange Trockenheit verstanden werden. Ich sagte zu meinem Erzieher, dass ich dringend wieder hinter den Kachelofen wolle. »Ich bibber mir hier een ab«, erklärte ich meine Notlage.

Meine Kniescheiben ratterten hoch und runter, die Zähne klapperten mit der Frequenz einer Nähmaschine aufeinander. Ich begriff, dass der Mensch vor Kälte oder Angst bibbern kann. Beim Skifahren ängstigte ich mich vor dem Frost, und das Gebibbre nahm einfach kein Ende.

Denn meine Eltern beschenkten mich zum Weihnachtsfest nicht nur mit Skiern, sondern zusätzlich mit einer Silastik-Skikeilhose. Ich hasste dieses Kleidungsstück. Zum einen besaß es eine wirklich peinliche Form und zum anderen eine kühlende Wirkung. Die Keilhose lehrte mich bei klirrenden Minusgraden ausdauerndes Bibbern. Meine Mutter stand im russischen Pelz neben mir und beschimpfte mich wahlweise als Frostmemme, Frosthucke, Frostziege, Frostkatze.

Tierische Vergleiche sind mir seit der Hundekälte nicht mehr fremd. Ich fror wie ein Schwein. Mich zierten Frostbeulen, und ich hatte Eisbeine.

Ich rutschte flink mit den Skiern nach Hause und hoffte, meine Oma würde auf mich warten. Sie war die Einzige, die zum Fest Erbarmen zeigte. Großmutter nahm eine Wärmpulle, legte sie in meine Furzmolle, also mein Bett, und heizte mir kräftig ein. Es leuchtete nur eine Funzel im Zimmer. Es war so richtig Muschebubu, und mir wurde warm ums Herz. Das Bibbern ließ sachte nach.

Als ich ein großer Junge war, nutze ich die Weihnachtserfahrung, um für Besucherinnen eine wohlige Atmosphäre zu schaffen. Denn Muschebubu ist die

feine sächsische Art der situationsbedingten Verdunk-
lung. Schummriges Licht für putzsche Lust. Das hilft in
allen Liebeslagen.

Lene Voigt

Sächsisches Winter-Idyll

Wenn dr Schneeschtorm draußen dobt,
Daß mr manchmal färmlich gloobt:
Nächstens schtärzt dr Himmel ein,
Isses sieß drheem' zu zwein.

Uffn Sofa sitzt mr dann,
Guckt sich recht gefiehlvoll an,
Schmiert ee Bämmchen nachn andern
Un läßt's nein in Magen wandern.

In dr Ofenrehre schmorn
Äbbel Saft aus alle Boorn.
Wie das bruzelt, wie das zischt!
Nee, da driewer naus gibbt's nischt.

Lieblich wärzt dr Gaffeeduft
Schon de ganze Wohnungsluft.
Ja, da freit sich's Sachsenhärz!
Mag's ooch schnein bis dief in' März.

Kurt Tucholsky
Weihnachten

So steh ich nun vor deutschen Trümmern
und sing mir still mein Weihnachtslied.
Ich brauch mich nicht mehr drum zu kümmern,
was weit in aller Welt geschieht.
Die ist den andern. Uns die Klage.
Ich summe leis, ich merk es kaum,
die Weise meiner Jugendtage:
    O Tannebaum!

Wenn ich so der Knecht Ruprecht wäre
und käm in dies Brimborium
– bei Deutschen fruchtet keine Lehre –
weiß Gott! ich kehrte wieder um.
Das letzte Brotkorn geht zur Neige.
Die Gasse grölt. Sie schlagen Schaum.
Ich hing sie gern in deine Zweige,
    o Tannebaum!

Ich starre in die Knisterkerzen:
Wer ist an all dem Jammer schuld?
Wer warf uns so in Blut und Schmerzen?

Uns Deutsche mit der Lammsgeduld?
Die leiden nicht. Die warten bieder.
Ich träume meinen alten Traum:
Schlag, Volk, den Kastendünkel nieder!
Glaub diesen Burschen nie, nie wieder!
Dann sing du frei die Weihnachtslieder:
    O Tannebaum! O Tannebaum!

Peter Ufer

Weihnachten im Koffer

Am zweiten Advent schleppte er einen großen Reisekoffer in meine Stube. »Was soll das?«, fragte ich. Mein Nachbar: »Weihnachten kommt, da habe ich für Sie ein Geschenk organisiert.« Sein »organisiert« klang verdächtig. Ich verdrängte den Gedanken, nicht jedem muss etwas unterstellt werden, nur weil er einem einen Koffer in die Stube stellt. Meine Wohnung ist ja kein Flughafen.

»Wo haben Sie denn das Gepäckstück her?«, fragte ich. »Vom Flughafen«, sagte er. Mein skeptischer Blick zwang ihn zu einer Erklärung. Er habe diese Woche an einer Versteigerung von nicht abgeholten Fundsachen teilgenommen, 7,62 Euro für diese Reiseausrüstung geboten und den Zuschlag bekommen. Allerdings sei vor der Auktion nicht offenbart worden, was für Innereien sich in dem Koffer befänden. Es handele sich hier um ein Blind Date, also die sprichwörtliche Katze im Sack, nur eben im Koffer. Vorfreude sei zwar die schönste Freude, meinte er noch, aber er könne nicht länger warten und wolle jetzt mit mir zur Bescherung übergehen.

Er zog Gummihandschuhe an, platzierte einen Mundschutz. Ein neuer Verdacht stieg in mir auf. Mein Nachbar erläuterte, dass er wegen möglicher Kontamination vorsichtig sein müsse, schließlich handle es sich hier nicht um einen Hin-, sondern einen Rückflugkoffer. Er knackte das Schloss, griff in die Vordertasche und holte ein Mokeru-Ingwer-Hundeshampoo und einen Zarupeng-Klapphandfächer mit Kirschblütenmalerei heraus.

Dann öffnete er den Kofferdeckel. Auf einer bestickten Decke, die den Pekinger Kaiserpalast erkennen ließ, lag ein aufblasbarer Gummi-Bonsai-Tannenbaum, eine hundert Meter lange LED-Lichterkette, eine Packung Kristallacrylstein-Schneeflocke, ein 1000er-Set Plasteweihnachtsbaumkugeln, 200 Goldblechklingelglöckchen und eine Kiste XL-Räucherstäbchen »Danke« mit Lavendelduft. Aus einer Seitentasche zog er eine rote Kordel, an der Feng-Shui-Glücksmünzen und ein Glasherz mit den eingravierten Namen Li & Li hingen.

Plötzlich packte mein Nachbar alles wieder ein und meinte, dass er mir das unmöglich schenken könne. Er werde sämtliche chinesischen Restaurants abklappern und nach dem ehrlichen Verlierer fahnden. Denn der verstehe offenbar wirklich was von Weihnachten.

Peter Ufer

Das zweite Geschenk

Es roch am 6. Dezember, als würde irgendwo im Haus ein elektronisches Gerät schmoren. Ich wollte gerade die Feuerwehr alarmieren, da klingelte es an meiner Wohnungstür. Ich öffnete, mein Nachbar stand vor mir, hielt in seiner Hand ein Kabel, an dessen Ende etwas Schwarzes baumelte, das rauchte. »Was ist das?«, fragte ich.

Er blickte traurig und sagte: »Die Frage sollte eher lauten: Was war das?« Ich wollte ihm sagen, dass er ein Krümelkacker sei, da gab er mir zu verstehen, dass das verkohlte Teil am Ende des Kabels einst ein Weihnachtsgeschenk gewesen sei, ein Klappbrotröster made in GDR. Er sagte: »Dieses Produkt aus der Konsumgüterproduktion habe ich meiner Frau zum Nikolaus 1979 geschenkt, und es arbeitete bis vor wenigen Minuten einwandfrei. Vierzig Jahre hat es jeden Morgen, auch im Advent, Brot geröstet, ohne jemals zu schwächeln.«

Ich bewunderte die Reste seiner Vergangenheit, da erklärte mir mein Nachbar, dass Menschen von heute diese großartige Erfahrung eines dauerhaft funktionierenden Haushaltgerätes gar nicht mehr machten. Jetzt würde man sich moderne Hochtechnologie unter den Weihnachtsbaum legen, die so programmiert sei, dass das Produktdasein kurz nach Ablauf der Garantiezeit ende. Außerdem habe sein ostalgisches Heizwerk nicht nur Brot aufgebacken, sondern besonders im kalten Winter als kleiner Elektroofen gedient. Er sagte: »In der Weihnachtszeit haben wir einfach links und rechts die Metalldeckel runtergeklappt, und schon konnte wir vor den glühenden Spiralen unsere kalten Hände wärmen.«

Kein Display, das vor dem Arbeitseinsatz forderte, Getreideart, Zusammensetzung des Backwerkes oder gar die erwünschte Durchtoastung einzugeben. Sein Gerät habe getoastet und geheizt, einfach so. Er sagte: »Und wenn es Weihnachten mal qualmte, dann wusste wir auch ohne digitale Verschmutzungsanzeige, dass zu viel Krümel im Krümelkasten lagen. Da habe ich einfach kräftig geschüttelt, und das Ding ging wieder.«

Er werde seinen Toaster jetzt in aller Stille als Brandmal des Ostens würdig beerdigen und ihm für vierzig Jahre treue Dienste im Kücheneinsatz danken. Im Übrigen habe er 1979 in weiser Voraussicht zwei dieser Klappbrotröster gekauft, und jetzt könne er sich endlich zu diesem Nikolaus das Ersatzgerät schenken. »Das wird mich bestimmt überleben«, sagte er und verdrückte eine Träne.

Lene Voigt
Ein Kachelofen träumt

Ich weiß, dass ich ein kleines Kunstwerk bin,
So schmuck und neu. Ich zähle erst drei Tage.
Tritt morgen früh die Kundschaft vor mich hin,
Dann wählt man mich. Das ist wohl keine Frage.

Wer wird es sein, der mich zum Freunde nimmt?
Wie schade, dass ich selbst nicht darf entscheiden!
Der Gegenstand gehorcht, der Mensch bestimmt –
So ist's nun einmal, und ich muss es leiden.

Gern käme ich zu einem stillen Mann,
Der Weisheit schürft aus alten Folianten.
Er schaute oft gedankenvoll mich an …
Doch niemals möchte ich zu Kaffeetanten!

Nett wär's wohl auch bei einer Tänzerin,
Die wärmt an mir die spielerischen Glieder.
Doch ob ich dafür auch der Rechte bin?
Ich fürchte fast, da wirke ich zu bieder.

Ach, manchmal weiß ich selbst nicht, was ich mag!
War, der mich schuf, von gleichem Wankelmute?
Man sagt, dass uns ein Handwerksschlag
Die Prägung gibt nach des Erbauers Blute.

Vielleicht auch wählt mich eine Mutter aus
Fürs Kinderzimmer, wo noch Märchen weben …
Dort fühlte ich am tiefsten mich zu Haus,
Weil Märchen toten Dingen Seele geben.

Mario Süßenguth

Ilse Bähnert quarkt rein

Friede, Freude, Pflaumenkuchen.

Es gab Zeiten, als dor Konsum um de Ecke sonn-
abends um elfe dichte machte – und dann war Ruhe
fürs ganze Wochenende! Keen Laden und kee Koof-
haus hatten mehr off, und an dor Minol-Tankstelle gabs
Benzin-Gemisch und Öl, aber keene Kondensmilch,
keene Zigaretten, keen Schnaps und keen Kuchen. Die
kluge Hausfrau musste sich also möglichst weitblickend
bevorraten, denn anderthalb lange Tage ohne Einkaufs-
möglichkeiten galt es zu überbrücken. Ich habe für
meinen Herbert jahrelang Bier und Goldkrone range-
wuchtet, damit der nich unruhig wurde übers Wochenende. Der brauchte immer mal eene kleene Zündkerze
für sein Nervenkostüm. Und wenn sich am Wochenende Besuch ankündigen tat, dann mussten für de Bäbe
oder für een schönen Blechkuchen entsprechende Zutaten eingeholt werden. Besuch – ich sage es für unsere jüngere Generation – Besuch kündigte sich nicht
etwa per Telefon an, denn kaum eener besaß dor-
heeme so ne Fernsprechstelle. Der aus dor Ferne anrei-
sende Gast schrieb entweder eene Postkarte oder stand

urplötzlich Sonntagnachmittag vor dor Türe. Jetzt passierte Folgendes, es war in dor Spätsommerzeit Mitte dor siebzscher Jahre. Eene Großcousine vom Herbert, de Bärbel aus Berlin, die hatte sich zum Sonntagskaffee angemeldet, mit ihrem seinerzeitigen Galan – Bernd, so hieß der gloobe ich. Ich wollte e Obstkuchen backen und hatte aus dor Koofhalle alles rangebuckelt: Mehl, Hefe, Zucker, Butter, Margarine. Die Pflaumen hatte mir de Opitzen aus ihrem kleen Schrebergarten mitgebracht. Ich sollte ihr dadorfür zwee Stückel vom ferdschen Backwerk vorbeibringen. Es lief ooch alles wie am Schnürchen. Sonntagvormittag hatte ich den Teig ins Blech gedrückt, belegt und noch eene Weile in kühlen Hausflur gestellt, weil ich die Backröhre nochemal ausgewischt habe. Und jetzt: Ich gehe ins Treppenhaus, will den Kuchen reinholen – ich dachte, ich sterbe: alle Pflaumen warn weggefressen, und vom Teig war ooch nur noch een winziger Rest zu sehen. Über mir hörte ich den Köter vom Koslowski knurren, da war mir klar, wer mir das Wochenende versaut hatte! Das war keen Hund, das war e bellendes Mastschwein! Und in vier Stunden würden de Bärbel und dor Bernd bimmeln – und off dor Kaffeetafel nur e paar zerkrümelte Hansa-Kekse aus dor Notreserve? Nee, unmöglich! Da war guter Rat teuer! Eingeweckte Pflaumen? Im Kellerregal standen nur noch Erdbeeren! Beim Suchen und Stöbern stoße ich off die Weihnachtskiste. Oben raus lugen drei kleene Weihnachtsmänner – und een uralter Pflaumentoffel vom Striezelmarkt! Ich ruppe den Weihnachtskarton off – drunter liegen zwölf weitere Toffelfiguren! Ich kriegte die Griebel ja immer geschenkt über de Jahre. Jetzt war ich zu allem entschlossen: Ich köppte und entleibte die Pflaumenmänner, legte die schrumpligen Trockenfrüchte eene Stunde in warmes Wasser. Der neue Teig war schnell gemacht, die Zutaten hatten grade noch gereicht dadorfür. Pflaumen droff, Streuselteig ooch – und ab in die Röhre! De Bärbel und dor Bernd kamen, ditschten den Kuchen auffällig oft in ihre Bohnenkaffeetasse – aber die verzogen keene Mine. Nur die zwee Stückel Pflaumenkuchen für de Opitzen – die warn keene so gute Idee. Jedenfalls habe ich nie wieder von der ihrer Ernte ooch nur eene eenzsche Eierpflaume abbekommen!

Lene Voigt

An ä Gachelofen

Wennse alle uff dr Schtraße,
Grumm vor Gälte, schneller loofen,
Dräbbchen bammeln an dr Nase.
Ja, da schätzt dr Mänsch sein Ofen!

An de Gacheln lähnt mr gärne
Dann sei Greize fimf Minuten
Un fiehlt nuff bis ins Gehärne
Änne heeße Wälle fluten.

Nunterwärts in beede Fieße
Fließt de Wälle sanft zurick.
Sälich wie im Baradiese
Schteht mr da un feixt vor Glick.

»Du mei Eefchen«, meent mer leise
Un is wärklich dief geriehrt,
Weil mr ähmd uff solche Weise
De Verbundenheet ärscht schbiert.

Theodor Fontane
Alles still!

Alles still! es tanzt den Reigen
 Mondenstrahl in Wald und Flur,
Und darüber thront das Schweigen
 Und der Winterhimmel nur.

Alles still! vergeblich lauschet
 Man der Krähe heisrem Schrei,
Keiner Fichte Wipfel rauschet
 Und kein Bächlein summt vorbei.

Alles still! die Dorfes-Hütten
 Sind wie Gräber anzusehn,
Die, von Schnee bedeckt, inmitten
 Eines weiten Friedhofs stehn.

Alles still! nichts hör ich klopfen
 Als mein Herze durch die Nacht; –
Heiße Tränen niedertropfen
 Auf die kalte Winterpracht.

Joseph von Eichendorff
Weihnachten

Markt und Straßen stehn verlassen,
Still erleuchtet jedes Haus,
Sinnend geh ich durch die Gassen,
Alles sieht so festlich aus.

An den Fenstern haben Frauen
Buntes Spielzeug fromm geschmückt,
Tausend Kindlein stehn und schauen,
Sind so wunderstill beglückt.

Und ich wandre aus den Mauern
Bis hinaus ins freie Feld,
Hehres Glänzen, heilges Schauern!
Wie so weit und still die Welt!

Sterne hoch die Kreise schlingen,
Aus des Schnees Einsamkeit
Steigt's wie wunderbares Singen –
O du gnadenreiche Zeit!

DRITTER ADVENT

Lene Voigt

Ä Schwärgebriefter

Dr Baster Schramm von Lindenhort
hat wärklich nischt zu lachen,
där muß bei jedem Schmaus im Ort
dn Ehrengast jetzt machen.

Was die da schlachten so zusamm
an Hasen, Gänsen, Enten,
das dut däm schwärgebrieften Schramm
schon bald dn Maachen wenden.

Er schtärzt sich voller Heldenmut
uff immer neie Braten,
saacht freindlich: »Awer das schmeckt gut!«
(Drheeme schbiertr'n Schaden.)

So obfert sich där brave Mann
fier de Gemeindeginder
un wärcht, bis dassr nich mähr gann,
das fettche Viezeich hinter.

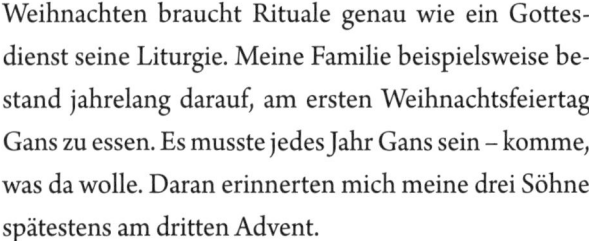

Tom Pauls

Tradition mit veganem Gänsebraten

Weihnachten braucht Rituale genau wie ein Gottesdienst seine Liturgie. Meine Familie beispielsweise bestand jahrelang darauf, am ersten Weihnachtsfeiertag Gans zu essen. Es musste jedes Jahr Gans sein – komme, was da wolle. Daran erinnerten mich meine drei Söhne spätestens am dritten Advent.

Doch eines schönen Jahres kam plötzlich alles anders. Eine Neue im Familienverbund wollte die Gans nicht. Dabei handelte es sich um meine potenzielle Schwiegertochter, also die Frau, die mein jüngster Sohn im Sommer vor dem weihnachtlichen Festmahl kennengelernt hatte.

Ich erzählte einem Freund, einem promovierten Literaturwissenschaftler und Hobbykoch, von der neuen Freundin. Die sei in unserer Familie zwar ein schöner Zuwachs, habe aber den Wunsch geäußert, am ersten Weihnachtsfeiertag auf die Gans zu verzichten. Sie sei Veganerin – also die potenzielle Schwiegertochter, nicht die Gans. »Das geht gar nicht«, sagte mein Freund. Er bereite in seiner Familie seit Jahrzehnten immer das Gleiche zu: Kaninchen. »Das war so, das ist so, und das bleibt so. Das nennt sich Tradition. Und Tradition ist Tradition«, sagte der Kochbuchfanatiker.

Er fügte noch hinzu: »Bei Thomas Manns Buddenbrooks, die nun wirklich etwas von Festlichkeit verstanden, gab es Weihnachten immer Puter.« Keiner der Buddenbrooks sei je auf die Idee verfallen, den Puter gegen ein Kaninchen zu tauschen. Er wiederum würde seiner Familie androhen, die Bescherung abzuschaffen, wenn auch nur einer sich wage, das Traditionskaninchen mit einem Buddenbrook-Puter zu verquicken. Ich solle meiner potenziellen Schwiegertochter einfach die Scheidung anbieten, wenn sie erneut eine Verzichtserklärung auf Gänsebraten von meiner Familie fordere.

Während ich noch überlegte, ob es möglich sei, sich von seiner Schwiegertochter scheiden zu lassen, kam mein Sohn zu mir und sagte: »Vater, lass uns noch mal über die Gans reden. Ich bin doch jetzt mit ihr zusammen.« Aus meiner langjährigen Ehepraxis wusste ich, dass es für ihn schwer werden würde, sich zwischen Gans und Freundin zu entscheiden. Ich sagte verständnisvoll: »Tradition ist Tradition. Gegessen wird, was seit Jahren auf den Tisch kommt.« Mein Sohn entgegnete: »Aber das ist doch von gestern. Wer nicht mit der Zeit geht, der geht mit der Zeit. Du musst auch mal für was Neues offen sein.« Ich sagte: »Da hast du recht, mein Sohn, ich bin jederzeit für Neues offen, außer zu Weihnachten!«

Ein paar Tage später traf ich wieder meinen Literatur-
freund und erzählte ihm von dem kulinarischen Freun-
dinnenunglück meines Sohnes. »Das ist wirklich eine
verfahrene Gans«, sagte ich. Der promovierte Hobbykoch fragte mich, ob ich schon mal etwas von einem
Falschen Hasen gehört hätte. Natürlich hatte ich das.
Ich sagte: »Falscher Hase, faschierter Braten oder Heu-
chelhase war und ist kein Hase, sondern ein Braten aus
Hackfleisch oder Wiegebraten.« Mein Freund sagte:
»Genau. Der Hase ist also gar kein Hase, verstehst
du?« »Nein«, sagte ich. Er sagte: »Du musst einfach
etwas falsch machen, um das Richtige zu tun«, sagte
mein kochender Freund.

Er zum Beispiel fertige dieses Jahr erstmals eine richtig falsche Lasagne. Denn seine Frau habe von ihm ge-
fordert, er müsse auch mal für etwas Neues offen sein.
Also koche er einen Auflauf aus Pfefferkuchen. Ich
sagte: »So ein Pfeffer.« Er rief: »Nein! In Pfefferkuchen ist gar kein Pfeffer. Das ist doch der Witz.« Er erklärte mir, dass er Pulsnitzer Pfefferkuchen zerbrösle.
Dann rühre er Mascarpone und Quark mit Milch und
Cointreau glatt. Weiter: »Orangen heiß waschen, tro-
cken reiben, Zesten abziehen. Beide Orangen schä-
len und filetieren, Filets klein schneiden. Orangenfi-
lets, -zesten und Zucker unter die Creme rühren. Mark
der Vanilleschote auskratzen und unterheben.« Dann
müsse nur noch ein Drittel der Lebkuchenbrösel in eine

Form, ein Drittel der Creme darüber, noch zwei weitere Schichten in die Form gefüllt und das Ganze etwa zwei Stunden kalt gestellt werden.

Ich erwiderte, dass damit mein Gans-Problem nicht gelöst sei. »Du bist aber auch schwer von Begriff«, sagte mein Gegenüber. Er meinte, ich solle das althergebrachte Federvieh dieses Jahr einfach vegan servieren. »Auch wenn das falsch ist, musst du es der neuen Freundin nur richtig verkaufen.« Denn erstens habe die Gans ja bis zu ihrer Schlachtung auf einer Wiese gelebt und zweitens das ganze Jahr über nur Grünzeug gefressen. Drittens würden in ihr ausschließlich pflanzliche Inhaltsstoffe stecken, zum Beispiel Beifuß, Majoran, Äpfel und vielleicht ein Stück Birne. »Es kommt doch bei allen Lebensmitteln darauf an, was drin ist«, sagte er.

Wieder traf ich meinen Sohn. Diesmal begleitete ihn seine Freundin. Ich sagte zu ihnen: »Lasst uns noch mal über die Gans reden. Es wird am ersten Weihnachtsfeiertag eine geben. Ich habe von meinem Freund, dem promovierten Kochliteraten, ein Rezept bekommen, mit dem der Gänsebraten ganz und gar vegan schmeckt.« Meine potenzielle Schwiegertochter sah mich amüsiert an und sagte: »Mach dir bloß keine Umstände. Ich esse einfach nur das Rotkraut, die Klöße und die gebratenen Äpfel. Dann habt ihr Männer mehr von der Gans. Tradition ist schließlich Tradition. Da soll man nichts falsch machen.«

Joachim Ringelnatz
Einsiedlers Heiliger Abend

Ich hab' in den Weihnachtstagen –
Ich weiß auch, warum –
Mir selbst einen Christbaum geschlagen,
Der ist ganz verkrüppelt und krumm.

Ich bohrte ein Loch in die Diele
Und steckte ihn da hinein
Und stellte rings um ihn viele
Flaschen Burgunderwein.

Und zierte, um Baumschmuck und Lichter
Zu sparen, ihn abend noch spät
Mit Löffeln, Gabeln und Trichter
Und anderem blanken Gerät.

Ich kochte zur heiligen Stunde
Mir Erbsenuppe und Speck
Und gab meinem fröhlichen Hunde
Gulasch und litt seinen Dreck.

Und sang aus burgundernder Kehle
Das Pfannenflickerlied.
Und pries mit bewundernder Seele
Alles das, was ich mied.

Es glimmte petroleumbetrunken
Später der Lampendocht.
Ich saß in Gedanken versunken.
Da hat's an der Tür gepocht.

Und pochte wieder und wieder.
Es konnte das Christkind sein.
Und klang's nicht wie Weihnachtslieder?
Ich aber rief nicht: »Herein!«

Ich zog mich aus und ging leise
Zu Bett, ohne Angst, ohne Spott,
Und dankte auf krumme Weise
Lallend dem lieben Gott.

Heinrich Heine
Die heil'gen drei Könige

Die heil'gen drei Könige aus dem Morgenland,
Sie frugen in jedem Städtchen:
»Wo geht der Weg nach Bethlehem,
Ihr lieben Buben und Mädchen?«

Die Jungen und Alten, sie wussten es nicht,
Die Könige zogen weiter;
Sie folgten einem goldenen Stern,
Der leuchtete lieblich und heiter.

Der Stern blieb stehn über Josephs Haus,
Da sind sie hineingegangen;
Das Öchslein brüllte, das Kindlein schrie,
Die heil'gen drei Könige sangen.

Peter Ufer

Der schöne Baum
des Nubbers

An einem Vormittag im Dezember klingelte es an meiner Wohnungstür. Ich öffnete. Vor der Tür stand eine Gestalt, eingehüllt in einen Wollberg von Mantel, vor dem Mund einen Schal, über den Haaren eine Mütze, die sich das unbekannte Wesen bis weit in die Stirn gezogen hatte. Es begann zu sprechen: »Ich will deinen Boom loben, musst mich aber erst mal reinlassen.« Lobe sind immer willkommen, dachte ich, aber wer mag wohl in dem Wollbergmantel stecken? Die Gestalt sagte: »Ich bin es, Dein Nubber.«

Ich kannte keinen Nubber, schon gar nicht meinen. Da nahm Nubber plötzlich die Mütze ab, enthüllte sein Gesicht. Es hatte zwei Wangen, rot wie Feuerlöscher, die Nase blau gefärbt, aus dem Mund strömte ein promillegeschwängerter Geruch von sieben Fässern Schnaps. Nubber schwankte in die Stube, fiel dort vor meinem Weihnachtsbaum auf die Knie und rief: »Das ist der schönste Boom, den ich je gesehen habe, bomforzionös.«

Er stand wieder auf, drehte sich zu mir und sprach: »Nubber, mach keine Menkenke, rücke raus die Getränke.« Kaum hatte er das letzte Wort ausgelallt, setzte er sich auf mein Sofa, kippte zur Seite und schloss die Augen. Ich schaute in das farbenfrohe Gesicht und erkannte in dem schnarchenden Spirituosenwollberg eine gewisse Ähnlichkeit mit meinem Nachbarn.

Da klingelte es erneut. Ich öffnete die Tür. Dort stand meine Nachbarin, ihr Mund zitterte, auf ihrer Stirn stand Schweiß. Sie begann zu sprechen: »Haben Sie meinen Mann gesehen?« Ich zeigte auf das Sofa. Sie identifizierte die Schnapsleiche sofort als ihren Gatten. »Ja, das ist er«, sagte sie und begann mich über ihn aufzuklären.

Ein Freund aus Bayern, den sie noch suchen müsse, sei zu Besuch gekommen und habe einen Brauch mitgebracht, das Baumloben. Das geht so: Nachbarn besuchen Nachbarn, loben deren Weihnachtsbäume und bekommen dafür einen Dankesschnaps. Den Brauch fand ihr Gatte sofort großartig, stiefelte mit dem Bayern los und verabschiedete sich mit den Worten: »Mach es gut, meine Gudste, wir gehen jetzt nubbern.«

Das sächsische Verb nubbern beschreibt vor allem in der Lausitz den Besuch des Nachbarn, um mit ihm ein Schwätzchen zu halten. Das kommt da alle Tage vor, die Bayern brauchen dafür offensichtlich einen Anlass. Der Nubber ist demzufolge der Nachbar, das Wort entstand im Sachsen des 14. Jahrhunderts aus der Wendung des in der Nähe wohnenden Bauern. Im Niederländischen hören wir das deutlich heraus, da heißt der Nachbar nabuur und im Englischen neighbour. Heute sorgt der vor allem für das Überleben von Zimmerpflanzen und Haustieren aller Art sowie die permanente Paketannahme – vor allem zur Weihnachtszeit ist das ein Teilzeitjob mit Überstunden bei vollem Lohnverzicht.

Im Moment war es die Nubberschfrau, die meine Nähe suchte. Ihre Gefühle waren angesichts des schnarchenden Alkoholgatten sichtlich durcheinander. Womit wir bei dem von meinem Nachbarn gerade benutzten Wort Menkenke angelangt wären. Umgangssprachlich meint es neben »Durcheinander« ein Aufheben, das man vermeiden sollte. Es handelt sich außerdem um unnötiges, weitschweifiges Gerede, das keiner erträgt, aber ständig zu hören ist.

Es klingelte wieder. Der Nachbar wachte auf, die Nachbarin eilte zur Tür, öffnete. Da stand ein Mann, der Saum seines Lodenmantels reichte bis zum Boden. »Grüß Gott, da seids ja«, sagte der Bayer. Ich holte aus der Vorratskammer einen Altbestand an Wodka, überreichte ihn dem Bajuwaren, noch bevor der meinen Baum loben konnte. Dann schickte ich das infernale Adventstrio nach Hause. Ich zog den Draht aus der Klingel, ging in die Stube, betrachtete meinen Weihnachtsbaum. Er sah wirklich bomforzionös aus.

Lene Voigt
Oba vergoldet Nisse

Nu isses wieder mal so weit:
Vorm Dore schteht de Weihnachtszeit!
Da missmer alle frehlich ran,
Un jeder bastelt, was'r kann.

Dr Oba schbrach ooch dieses Jahr:
»Ich bin Vergolder, das is glar.«
Uns is sei Schbort ja schon begannt.
»Nußgeenich« hammern drum genannt.

Da solltet ihr'n nu bloß mal sähn!
Vor Riehungs gäm eich bald de Drän.
So glücklich is där Gude dann,
Schtrahlt selwer wie dr Weihnachtsmann.

Ich dachte manchmal bei mir drin:
So heiter mecht ich ooch mal sin,
Wenn meine Harre silwergrau.
(Mer gann's ja schließlich ooch als Frau.)

Peter Ufer

Im Notfall ein Hirn

Gerade in der Adventszeit möge der Mensch dankbar sein, erklärte mir mein Nachbar. Doch er sah unglücklich aus. Ihm sei es im Vorfeld des dritten Advents nicht gelungen, seinem Hausarzt eine kleine Aufmerksamkeit zukommen zu lassen. »Hätten Sie ihm nicht einfach eine Packung Merci oder Mon Chéri überreichen können?«, schlug ich vor.

Ja, meinte er, auf diese Schnapsidee sei er als jahrelanger Patient auch gekommen. Doch beim Arzt seiner Schmerzen habe am Empfangstresen ein Schild geklebt, auf dem stand: »Liebe Patienten! Bitte verzichten Sie darauf, mir zu Weihnachten Merci, Mon Chéri, billige Strick- oder Backwaren zu schenken!!!!« Ich fragte entsetzt, was denn das für eine Praxis sei.

Mein Nachbar gab zu, dass er den Mediziner durchaus verstehen könne. Was solle der denn mit Tausenden bunten Topflappen, Socken in Übergröße, massenweise trockenen Stollen, Plätzchen oder hunderten Paketen Merci plus Mon Chéri. Das führe doch über die Feiertage nur zu Verstopfung und zum Alkoholismus.

Ich hielt dagegen, ich fände es nett, dass die Patienten im Rahmen ihrer Möglichkeiten überhaupt ein Mitbringsel daließen. Mein Nachbar stimmte mir zu, aber ergänzte, dass die Entsorgungskosten für derlei Überraschungen am Ende doch nur zur Erhöhung der Krankenkassenbeiträge beitragen würden.

Das brachte ihn plötzlich auf den Gedanken, seinem Arzt zu Weihnachten eine Finanzspritze zu verpassen. »Oder sie schenken ihm ein Notfallhirn«, sagte ich. Mein Nachbar feixte und ergänzte: »Frischhaltepillen wären für den Doktor sicher auch nicht schlecht. Jedenfalls verweigert er da die Einnahme nicht.« Wir stellten eine Liste rezeptfreier Patientengeschenke zusammen, um sie später an die Eingangstür der Praxis zu hängen.

Erstens: Überlebensdragees für überfüllte Wartezimmer.

Zweitens: Kopfhochtabletten für miese Diagnosen.

Drittens: Quacksalberstopp für überdimensionierte Behandlungen.

Viertens: Übersetzungspulver für Rezepte.

Mein Nachbar meinte, dass es ihm plötzlich viel besser gehe. Jetzt könne er seinem Arzt endlich richtig danken, der ihm erst kürzlich gesagt habe, dass die Kosten für seine nächste Operation sicher seine Erben zahlen werden.

Christian Morgenstern
Morgensonne im Winter

Auf den eisbedeckten Scheiben
fängt im Morgensonnenlichte
Blum und Scholle an zu treiben …

Löst in diamantnen Tränen
ihren Frost und ihre Dichte,
rinnt herab in Perlensträhnen …

Herz, o Herz, nach langem Wähnen
laß auch deines Glücks Geschichte
diamantne Tränen schreiben!

Wilhelm Busch

Die Meise

Auguste, wie fast jede Nichte,
Weiß wenig von Naturgeschichte.
Zu bilden sie in diesem Fache,
Ist für den Onkel Ehrensache.

Auguste, sprach er, glaub es mir,
Die Meise ist ein nettes Tier.
Gar zierlich ist ihr Leibesbau,
Auch ist sie schwarz, weiß, gelb und blau.
Hell flötet sie und klettert munter
Am Strauch kopfüber und kopfunter.
Das härt'ste Korn verschmäht sie nicht,
Sie hämmert, bis die Schale bricht.
Mohnköpfchen bohrt sie mit Verstand
Ein Löchlein in den Unterrand,
Weil dann die Sämerei gelind
Von selbst in ihren Schnabel rinnt.
Nicht immer liebt man Fastenspeisen,
Der Grundsatz gilt auch für die Meisen.
Sie gucken scharf in alle Ritzen,
Wo fette Käferlarven sitzen,

Und fangen sonst noch Myriaden
Insekten, die dem Menschen schaden,
Und hieran siehst du außerdem,
Wie weise das Natursystem. –
So zeigt er wie die Sache lag.

Es war kurz vor Martinitag.
Wer da vernünftig ist und kann's
Sich leisten, kauft sich eine Gans.
Auch an des Onkels Außengiebel
Hing eine solche, die nicht übel,
Um, nackt im Freien aufgehangen,
Die rechte Reife zu erlangen.
Auf diesen Braten freute sich
Der Onkel sehr und namentlich
Vor allem auf die braune Haut,
Obgleich er sie nur schwer verdaut.

Martini kam, doch kein Arom
Von Braten spürt' der gute Ohm.
Statt dessen trat voll Ungestüm
Die Nichte ein und zeigte ihm
Die Gans, die kaum noch Gans zu nennen,
Ein Scheusal, nicht zum Wiederkennen,
Zernagt beinah bis auf die Knochen.
Kein Zweifel war, wer dies verbrochen,
Denn deutlich lehrt der Augenschein,

Es konnten nur die Meisen sein.
Also ade! du braune Kruste.

Ja, lieber Onkel, sprach Auguste,
Die gern, nach weiblicher Manier,
Bei einem Irrtum ihn ertappt:
Die Meise ist ein nettes Tier.
Da hast du wieder recht gehabt.

Peter Ufer

Kesselkratz und
Meerschweinbraten

»Die warme Weihnachtsstube, der Christbaum mit den
flackernden Kerzen, die Pyramide, wo sich das Christkind in der Krippe so schnell drehte, dass es schon
einen Drehwurm haben musste, die flinken drei Weisen
aus dem Morgenlande immer hinterdrein, und schließlich der Bergmann als Kerzenhalter in seiner traditionellen Tracht – das waren die Inbegriffe der roman-
tischen Zeit am Jahresende.« So beschreibt der 1944
geborene Leipziger Kabarettist Bernd-Lutz Lange in
seinen Kindheitserinnerungen »Magermilch und lange
Strümpfe« die Weihnachtszeit in den 1950er Jahren in
Zwickau.

Viele Sächsinnen und Sachsen, die damals Kinder
waren, verbinden die Weihnachtszeit ein Jahr nach
Gründung der DDR mit viel Schnee, Kälte, der Sorge
ums Essen sowie selbst gebastelten Geschenken, aber
auch mit dem Gefühl, dass endlich Frieden herrscht.
Die Eltern dekorierten Anfang Dezember die Wohnung
mit Weihnachtsfiguren aus dem Erzgebirge, sofern sie
die nicht in den Bombennächten 1945 verloren hatten.
Dass Nussknacker, Räuchermänner oder Pyramiden

den gesamten Advent lang in den Stuben stehen, gehörte auch damals zur sächsischen Tradition.

Das schönste Geschenk für ihn als Sechsjährigen sei ein Holzzug gewesen, erinnert sich Bernd-Lutz Lange. »Meine Eltern hatten auf einem ausrangierten Bügelbrett eine kleine Welt zum Spielen aufgebaut. Ein Holzzug fuhr zwischen braun und grün gefärbten Sägespänen entlang.« Improvisation in Holz gehörte zu dieser Zeit so sicher wie der Aufbau der Städte nach dem Krieg. Das erzählt auch Sänger Gunther Emmerlich. Bei ihm habe in den 1950er Jahren unterm Weihnachtsbaum mehrmals ein alter Holzkreisel gelegen, immer derselbe, allerdings immer neu angestrichen. »Und die Peitsche hatte einen neuen Strick bekommen. Das war es dann auch schon an Geschenken«, sagt er, geboren im gleichen Jahr wie Bernd-Lutz Lange und aufgewachsen in Eisenberg im heutigen Saale-Holzland-Kreis.

Meine Schwiegermutter, Jahrgang 1938, hat damals eine Puppe geschenkt bekommen. Genäht war der Körper aus Stoffresten, der Kopf aus Porzellan von einer anderen alten Puppe draufgesetzt, erzählt sie. Sie habe sich so sehr über das Geschenk gefreut, dass sie es der Nachbarin zeigen wollte. Sie sei die Treppe heruntergerannt und dabei samt Puppe hingefallen. Der Porzellankopf brach entzwei. Jahrelang habe sie dennoch weiter mit ihr gespielt, der Puppe, die nur noch einen

halben Kopf hatte. Meine Mutter, zwei Jahre jünger, erinnert sich, dass sie Weihnachten 1950 von ihrer Mutter
ein Kleid geschenkt bekam, genäht aus Wischtüchern,
die sie von der Lumpenhändlerin gegenüber gegen ein
Mittagessen getauscht hatte. Auf gleiche Weise sei ihre
Mutter in den Besitz von Fallschirmseide gekommen,
aus der sie Unterwäsche nähte.

Im Jahr 1952 entstand das Lied »So viel Heimlichkeit«, geschrieben von Lotte Schuffenhauer, deren
Text die Zeit widerspiegelt: »Meine Puppen sind ver-
schwunden, hab nicht mal den Bär gefunden. […] Han-
sels Eisenbahn ist weg, steht nicht mehr am alten Fleck.
So viel Heimlichkeit, in der Weihnachtszeit!« Nicht
nur Gunther Emmerlichs Kreisel wurden mehrfach,
stets neu hergerichtet, auf den Gabentisch gebracht,
es wurde zudem gebastelt, gestrickt, gehäkelt, genäht,
was das Zeug hielt. Die neuen Weihnachtslieder in
der jungen DDR standen allerdings nicht nur symbol-
haft für die Entbehrung, sondern gleichzeitig für eine
staatlich verordnete Loslösung des Heiligen Abends
von der christlichen Tradition. Weihnachten sollte sich
zunehmend zum »Fest des Friedens« entwickeln, nur
noch »Das Fest« oder »Frohes Fest« heißen. Der All-
tag der Menschen sah aber anders aus, zum Beispiel in
Zwickau. Bernd-Lutz Lange ging am 25. Dezember um
sechs Uhr morgens in die nahe gelegene Methodisten-
kirche zur Christmette. Auch meine Schwiegermutter

und Mutter berichten, wie die meisten ihrer Bekannten in den Gottesdienst gingen.

In den 1950er Jahren beschäftigte viele Frauen und Kinder noch ein weiteres Problem. Meine Mutter lebte damals in der Dresdner Neustadt auf der Görlitzer Straße 17, Hinterhaus. Hier wohnten die Großmutter, die Mutter und sie. Aber es fehlte der Vater. Er galt als vermisst. So ging es vielen Deutschen, auch Gunther Emmerlich, der sich daran erinnert, wie seine Mutter regelmäßig zu Weihnachten Briefe an das Rote Kreuz schrieb, um endlich Nachricht über den vermissten Mann zu bekommen.

Und was nur sollte man zum Weihnachtsfest auf den Tisch bringen? In der Dresdner Neustadt, so berichtet meine Mutter, züchteten die Mieter im Hinterhof unter anderem Kaninchen. 1950 habe es bei ihr zu Hause Weihnachten mit Mehlbrei gefülltes Meerschweinchen gegeben, dazu Weißkraut und ein paar wenige Kartoffeln, deren Schalen geröstet und gegessen wurden. Ihre Mutter habe als Köchin im Krankenhaus gearbeitet und immer sogenannten »Kesselkratz« mitgebracht, den ausgekratzten Rest aus den Krankenhaustöpfen. Um die Stube warm zu kriegen, sei sie sogar auf den Friedhof gegangen und habe dort zum Anfeuern des Ofens Grabschmuck geklaut.

Bernd-Lutz Lange sagt über den Ministerpräsidenten von Nordrhein-Westfalen, der Ende November angesichts der Corona-Pandemie meinte, 2020 werde das härteste Weihnachten, das die Nachkriegsgenerationen je erlebt habe: »Wir wissen nicht genau, was alles noch auf uns zukommt. Aber der Mann hat die Nachkriegszeit in Sachsen nicht erlebt. Er kann nicht wissen, dass wir sächsischen DDR-Bürger den Verzicht schon vor Jahren trainiert haben.«

Rainer Maria Rilke

Advent

Es treibt der Wind im Winterwalde
die Flockenherde wie ein Hirt,
und manche Tanne ahnt, wie balde
sie fromm und lichterheilig wird;
und lauscht hinaus. Den weißen Wegen
streckt sie die Zweige hin – bereit,
und wehrt dem Wind und wächst entgegen
der einen Nacht der Herrlichkeit.

VIERTER ADVENT

August Heinrich Hoffmann von Fallersleben

Der Traum

Ich lag und schlief; da träumte mir
ein wunderschöner Traum:
Es stand auf unserm Tisch vor mir
ein hoher Weihnachtsbaum.

Und bunte Lichter ohne Zahl,
die brannten ringsumher;
die Zweige waren allzumal
von goldnen Äpfeln schwer.

Und Zuckerpuppen hingen dran;
das war mal eine Pracht!
Da gab's, was ich nur wünschen kann
und was mir Freude macht.

Und als ich nach dem Baume sah
und ganz verwundert stand,
nach einem Apfel griff ich da,
und alles, alles schwand.

Da wacht' ich auf aus meinem Traum,
und dunkel war's um mich.
Du lieber, schöner Weihnachtsbaum,
sag an, wo find' ich dich?

Joseph von Eichendorff

Wünschelrute

Schläft ein Lied in allen Dingen,
die da träumen fort und fort,
und die Welt hebt an zu singen,
triffst du nur das Zauberwort.

Tom Pauls

Der duftende Schmorkohl

Kurz vor Weihnachten zog ein unvergesslicher Duft durch unsere Wohnung. Vom Plattenspieler tönte dazu das Lied »Fröhliche Weihnacht überall«. Ich hatte als singender Knabe im Rundfunkkinderchor Leipzig die Strophen selbst mit eingesungen und kannte jedes Wort: »Fröhliche Weihnacht überall, tönet durch die Lüfte froher Schall. Weihnachtston, Weihnachtsbaum, Weihnachtsduft in jedem Raum.«

In den vier Wänden meiner Eltern roch es aber weder nach süßen Plätzchen noch nach heißer Schokolade oder Nadelgrün vom Tannenbaum, sondern nach einer dampfenden Sauerkrautmischung. Der fein geschnittene konservierte Weißkohl hatte schon viele Wochen in einem Fass bei dem Gemüsehändler um die Ecke verbracht, bevor mein Vater ihn dort Mitte November kaufte. Er transportierte das gut durchgezogene Kraut dann in den Keller unseres Mietshauses. Als ich drei Jahre alt war, begab er sich erstmals mit mir dorthin, um seinem Sohn stolz den Speiserohstoff zu präsentieren. Er zitierte Wilhelm Busch: »Eben geht mit einem Teller / Witwe Bolte in den Keller, / Dass sie von dem

Sauerkohle / Eine Portion sich hole, / Wofür sie besonders schwärmt, / Wenn er wieder aufgewärmt.«

Dann fügte er noch hinzu, dass bereits sein Vater
immer kurz vor Weihnachten mit ihm in ein feuchtes
Gewölbe gestiegen sei, um ihm das »Kumst«, wie er
sagte, zu zeigen. Mein Vater stammte aus Ostpreußen,
aus Tilsit. Seine Familie wohnte in der Ulanengasse 34.
Und nie, wenn er mir von der Ulanengasse 34 erzählte,
vergaß er zu erwähnen, dass dort, in unmittelbarer
Nachbarschaft, Friedrich Wilhelm Voigt aufgewachsen sei, der am 16. Oktober 1906 als Hauptmann von
Köpenick das Rathaus der gleichnamigen Stadt be-
setzte, den Bürgermeister verhaftete und die Stadt-
kasse raubte. Ich begriff den Zusammenhang zwischen
Sauerkraut und Köpenick nicht, befand mich aber offenbar mitten in einer spannenden Familiengeschichte.
Ich nickte meinem Erzieher und dem eingemachten
Kohl im Keller zu.

Mein Vater brachte das Gemüse immer am 20. Dezember von unten über den Treppenflur nach oben
in die Küche. Er tat dies so weihevoll, als wäre seine
Sauerkrautbeförderung eine Prozession in Bethlehem.
Gleichzeitig besorgte er, viel Aufheben machend, Majoran und Zwiebeln, als hätte er Myrrhe und Weihrauch
bei den Heiligen Drei Königen bestellt. Die Zwiebel
zerteilte er in kleine Würfel, die sich zu Hügeln auf dem
Tisch türmten. Ich musste an die ägyptischen Pyra-

miden denken, die ich aus einem meiner Märchen-
bücher kannte.

Am Morgen des 21. Dezember begann mein Vater,
Schweineschmalz in einer überdimensionierten, besonders tiefen Pfanne zu erhitzen und goss aus einer
Flasche Zuckersirup dazu. Danach kippte er die Sauer-
krautkilo in den spritzende Fettsirup. Mein Vater stand
da mit einer Schürze vor seinem Bauch und bewegte
den blubbernden Brei in der Pfanne hin und her. Jetzt
löffelte er Zucker in die heiße Menge, später gab er Salz
dazu. »Außerdem gehört da noch eine geheime Ge-
würzmischung rein«, sagte er vielsagend zu mir und
rührte. Er rührte und rührte und rührte. Wenn es keiner sah, kostete er kurz von dem heißen Sauerkraut, wa-
ckelte mit dem Kopf, schüttete noch etwas von der ge-
heimen Geheimwürze hinein und rührte. Er rührte und
rührte und rührte. Anschließend ließ er das Sauerkraut
den ganzen weiteren 21. Dezember schmoren.

Er ließ es am Vormittag des 22. Dezember schmoren. Er ließ es am Mittag des 22. Dezember schmoren.
Er ließ es am Nachmittag des 22. Dezember schmoren
und auch am Abend des 22. Dezember. Am 23. Dezember schmorte das Sauerkraut immer noch. Während ich
schlief, rührte mein Vater im Dreischichtbetrieb den
Schmorkohl um, damit der nicht am Pfannenboden an-
brannte. Er rührte und rührte und rührte. Aus der Küche quoll der Geruch des väterlichen Kochwerks durch

den Korridor, kroch an den Wänden empor, verfing sich in den Gardinen und Sofakissen. Mit jedem Atemzug durchströmte mich das Aroma seines traditionellen Tilsit-Rezeptes. Ich befand mich im Dunstkreis einer weihnachtlichen Schmorkohlwolke.

Am späten Abend des 23. Dezember beobachtete ich meinen Vater, wie er Teile seiner Kochkunst in Einweckgläser umfüllte. Er portionierte die Speise, um sie am 24. Dezember in der Nachbarschaft verteilen zu können. Am Morgen des Heiligen Abends zog er mit einem blauen Rollfix voller Gläser los. Bis zu seinem Tod glaubte er fest daran, alle Menschen im Umkreis von zwei Kilometern würden sich über seinen ostpreußischen Schmorkohl freuen. Er musste das annehmen, denn jeder, dem er eines seiner Gläser schenkte, bedankte sich und bestätigte freudestrahlend, wie köstlich sein Mampf schmecke und dass er ein Meisterkoch sei.

Einige Männer baten meinen Vater herein und schenkten ihm aus Dankbarkeit für den Schmorkohl ein, zwei oder vier Gläser Schnaps ein. Abgefüllt wie eines seiner Einmachgläser, schwankte er gegen 15 Uhr zurück nach Hause. Völlig erschöpft sank er in seinen Sessel, schlummerte glücklich ein und verschlief, wie ich dem Weihnachtsmann ein Lied vorsang: »Fröhliche Weihnacht überall, tönet durch die Lüfte froher Schall. Weihnachtston, Weihnachtsbaum, Weihnachtsduft in jedem Raum …«

Lene Voigt
Bratäbbel

Bratäbbel wolln behandelt sin,
Das is 'ne alte Sache.
Mer leecht se nich bloß eenfach hin
Un saacht: »Nu brote, mache!«

Äja, mer muß ooch immer mal
De Brieder rächt hibsch wenden.
Dann wärnse ärscht so scheen egal
An ihrn zwee Abbelenden.

So mancher, där is rechts verbrannt
Un links nochs fäst un roh.
Dann habhich ooch mal een gegannt,
Där flammte lichterloh.

Peter Ufer

Die Angelrute des Herrn

Ich solle mir mal vorstellen, dass Jesus nicht gekreuzigt, sondern ertränkt wurde, meinte am 4. Advent mein Nachbar. Ich bat ihn, so kurz vor dem Heiligen Abend, um mehr Respekt vor dem Gottessohn.

Aber mein Nachbar fuhr fort: dass der Stellvertreter des Herrn Weihnachten nicht mühsam geboren wurde, sondern lässig aus dem Wasser auftauchte und dann darüber ging. Das hätte den Vorteil, dass in den Kirchen keine schweren Kreuze mehr an die Wand gehängt werden müssten, sondern zum Beispiel leichte Paddel oder Faltboote.

Ich empfand das als Lästerung und fragte, was denn entsprechend seiner H_2O-Theorie in der Kirche auf dem Altar stehen solle. Mein Nachbar antwortete: Aquarien mit Goldfischen. Dann wäre deutlich mehr Leben in der Gebetsbude, so ähnlich wie in chinesischen Restaurants. Er behauptete außerdem, dass es beim Tod durch Ertränken auch keine Kreuzzüge gegeben hätte. Was denn sonst?, wollte ich wissen. Seine Antwort: Fischzüge. Ein Netzwerk Gottes. Ich schüttelte den Kopf. Er aber sagte: »Erkennungszeichen der frühen Christen war doch ein Fisch, sie waren von Beruf Fischer.« Bis heute habe sich der Blinker als Symbol erhalten.

Er argumentierte, dass mir wohl nicht klar sei, dass der Weihnachtskranz genau wie der Heiligenschein das Sinnbild eines Rettungsrings wäre. Wenn das mal jedem einleuchten würde, könnten die Rettungsschwimmer oder Marineoffiziere in Freibädern, an Stränden und im Mittelmeer den Lebensring viel weihevoller ins Wasser werfen. Kriegsschiffe hätten endlich eine göttliche Mission und brauchten kein UN-Mandat mehr. Die Vorform des Heiligenscheins sei übrigens der Schwimmflügel.

Und überhaupt hätte ich wohl noch nie darüber nachgedacht, dass das Weihwasser doch ganz offensichtlich ein deutlicher Hinweise auf Marias Fruchtwasser wäre. Ich gestand, dass ich mir bisher darüber nie Gedanken gemacht hätte. Aber mein Nachbar wusste noch zu berichten, dass sich viele Gläubige gerade zu Weihnachten selbst kasteien würden, um sich von ihren Sünden zu befreien, um Buße zu tun oder ihre Triebe zu unterbinden. Bei dem Schlagwerkzeug handle es sich eindeutig um eine Angelrute, und die Kerzen, die im Advent hell brennen, seien Leuchtbojen. »So ein Unsinn« sagte ich. Er entgegnete: »Sie müssen nur daran glauben.«

Peter Ufer

Der Weihnachtsmannhase

Immer bracht ich pünktlich die Geschenke,
doch wenn ich mir es recht bedenke:
Steif auf einem Kutschbock sitzen,
in dem dicken roten Mantel schwitzen,
diesen schweren Sack rumschleppen,
hoch und runter tausend Treppen,
nein, das schadet meinen Knochen,
schmerzt mich schon seit vielen Wochen.

Deshalb hab ich mich entschieden
einen Osterhasen anzumieten.
Soll der all die Zettelwünsche lesen
und mit Affenzahn durch Zimmer pesen.
Soll der doch ab jetzt bescheren
und den Sack vorm Baum entleeren,
soll der von den unverbesserlichen Gören
all die notenschiefen Lieder hören.

Soll der Osterhase jetzt den Nachwuchs rügen,
immerhin war das noch ein Vergnügen.
Doch die ganzen Schnäpse trinken

und zum Abschied freundlich winken,
nein, das ist und bleibt Tortur,
ich fahr jetzt erst mal zur Kur.
Langohr soll sich mit der Weihnacht plagen.
Ich komm wieder zu den Ostertagen.

Um auf Wiesen Buntes zu verstecken,
zwischen Blumen mir das Fell zu lecken.
Lächelnd trag ich hart gekochte Eier,
zu der schönen Auferstehungsfeier.
Anstatt den Frühling zu verschlafen,
gras ich lieber mit den jungen Schafen.
Hase sein, das fühle ich mit Sehnen,
liegt doch eigentlich in meinen Genen.

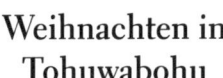

Peter Ufer

Weihnachten in
Tohuwabohu

Der Nachbar in dem Mietshaus, in dem ich wohne, fragte mich am vierten Advent: »Können Sie mir ein Weihnachtsmannkostüm leihen?« Ich fragte: »Wo wollen Sie denn Weihnachtsmann spielen?« Er antwortete, dass von wollen keine Rede sein könne. Er sei vielmehr von der Familie aus dem ersten Stock links mit einer polnischen Gans und einem Kasten tschechischem Bier bestochen worden. »Ich habe keine Wahl, ich muss, ob ich will oder nicht«, sagte er.

Ich ging ins Schlafzimmer und kramte in der Kommode nach dem Kostüm. Hier irgendwo musste es sein. Mein Nachbar stand hinter mir und meinte, er hoffe inständig, die Bescherung zu überleben. Im vergangenen Jahr sei er nur knapp einem Anschlag entgangen. »Einem Anschlag?«, wollte ich wissen. Er sei mit einem Sack voller Geschenke und einem Zettel mit Anweisungen der Mutter vor die Familie getreten. »Da flackerte das Feuer im Kamin, auf dem Sofa saßen zwei Kinder, zwei Hunde und die Eltern. In der Ecke schlummerte der Großvater in einem Sessel«, erzählte er. »Alles ganz normal«, sagte ich.

Das habe er bis dahin auch gedacht. Als er aber für den Großvater einen Gutschein für eine Harzreise aus dem Sack gezogen habe, sei dieser blitzunartig aufgesprungen und habe geschrien: »Der Weihnachtsmann ist der Büttel meiner Tochter! Die will mich zwangsverschicken wie einen Sudetendeutschen nach dem verlorenen Krieg!« Der Alte habe den Gutschein in das Kaminfeuer geschmissen, sich in den Sessel fallen lassen und sei sofort wieder eingeschlafen.

»Dann habe ich der Mutter ein Geschenk mit großer roter Schleife überreicht«, erzählte der Nachbar weiter. Sie sei in Tränen ausgebrochen, weil das Päckchen ihrer Meinung nach etwas enthielt, was sie zur Sexsklavin degradierte. Da sie das schon geahnt habe, schluchzte sie, bekäme ihr Mann in diesem Jahr gar nichts. Mein Nachbar habe sich beeilt, die Geschenke für die Kinder aus dem Sack zu holen: eine Playstation, ein Keyboard, für jedes ein MacBook Air, Flugtickets für eine Reise auf die Malediven.

»Als ich sagte, das bringt euch alles der Weihnachtsmann, ist der Vater ausgeflippt«, sagte mein Nachbar. »Er rief: ›Ich habe diese Lügen satt, diese schweißausbruchartig teuren Geschenke sind nicht vom Weihnachtsmann, sondern von mir!‹« Mein Nachbar weiter: »In diesem Augenblick stürzten die Hunde auf mich, zerfetzten mein Kostüm. Die Kinder schrien, die Frau heulte, der Mann begann wild mit dem Feuerholz zu hantieren, der Großvater schnarchte. Es war ein einziges Tohuwabohu.« Und jetzt benötige er ein neues Weihnachtsmannkostüm. Die Familie wolle unbedingt, dass er wiederkomme, denn so eine schöne Bescherung wie vergangenes Jahr habe sie noch nie gehabt.

Rainer Maria Rilke

Es gibt so wunderweiße Nächte

Es gibt so wunderweiße Nächte,
Drin alle Dinge Silber sind.
Da schimmert mancher Stern so lind,
Als ob er fromme Hirten brächte
zu einem neuen Jesuskind.

Weit wie mit dichtem Demantstaube
Bestreut, erscheinen Flur und Flut,
Und in die Herzen, traumgemut,
Steigt ein kapellenloser Glaube,
Der leise seine Wunder tut.

Peter Ufer

Wunschzettel für alle

Mein Nachbar sah sehr zufrieden aus. Ja, meinte er, die viele Post zum Weihnachtsfest sei richtig motivierend. Buecher.de habe ihm zum Beispiel geschrieben, dass er zum Fest Bücher lesen »dürfe« und diese sogar versandfrei zugeschickt bekomme. Von expedia.de erhielt er eine Mail, dass er in den »Urlaubsurlaub« fliegen könne. Medpex.de schickte ein Angebot für einen leichten Start in die Feiertage und stellte ein Set mit Vitalkost als »Liebling des Monats« zusammen, 100 Gramm für nur 1,29 Euro. Dazu las er eine Kundenrezension: »Das Produkt schmeckt einfach nur scheußlich und widerlich. Jetzt weiß ich auch, warum es so billig ist. Habe es direkt im Klo versenkt.« Kunden, die dieses Produkt bestellten, interessierten sich auch für Schmerzfluid, Hustensaft und Grippostad C.

Vor allem aber sei mein Nachbar glücklich, weil seine Exfrau ihm einen Kratzbaum geschenkt habe, den sie vergangenes Jahr zu Weihnachten bekommen habe, aber nicht bräuchte. »Einen was bitte?«, fragte ich. Er sagte: »Einen Kratzbaum Natural Paradise XL Standard mit Echtholzplatten aus nachhaltiger Waldwirtschaft und waschbarer Liegefläche.« Der Baum stehe jetzt statt einer Nordmanntanne mitten in seiner Stube, er reibe mehrmals täglich seinen Rücken daran, kralle sich mit seinen Fingernägeln in den robusten Stamm oder klettere ganz nach oben, um dort im Schneidersitz zu verweilen. Da entspanne er ganz vorzüglich.

Zooplus.de habe ihm zum Fest das Beste gewünscht und einen Federwedel für Katzen empfohlen, mit einem Link zu einer Kundenrezension von Rina: »Romeo ist sonst eher schwer zu begeistern, aber er hat den Federwedel gesehen, und schon ging er ab. Und Linus erst. Er knurrt, faucht und hat richtig Spaß dabei.«

Auch stoff4you.de wünschte meinem Nachbarn offenbar ein gesegnetes Fest und bot flauschig weichen »Fleece mit Antipilling-Ausrüstung« feil, so dass sich nie wieder kleine Knötchen bilden würden. Da überlege er noch, was er damit anstellen könne. Amazon.de erwarte für ihn das Schönste und biete die Möglichkeit, sofort halber Millionär zu werden. Mein Nachbar erklärte: »Tütenweise gibt es für 24,50 Euro eine halbe Million Euro in frisch geschredderten Geldscheinen.« Die könne er wie ein Puzzle über die Feiertage zusammenkleben. »Das macht mich so richtig zufrieden«, sagte er.

Ich musste indes an ein Gedicht von Ringelnatz denken:

Schenken

Schenke groß oder klein,
Aber immer gediegen.
Wenn die Bedachten
Die Gaben wiegen,
Sei dein Gewissen rein.

Schenke herzlich und frei.
Schenke dabei,
Was in dir wohnt
An Meinung, Geschmack und Humor,
So daß die eigene Freude zuvor
Dich reichlich belohnt.

Schenke mit Geist ohne List.
Sei eingedenk,
Daß dein Geschenk
Du selber bist.

BESCHERUNG

Martin Luther

Ein Lobgesang von der Geburt
unsers Jesu Christi

Gelobet seist du, Jesu Christ,
Daß du Mensch geboren bist,
Von einer Jungfrau, das ist wahr;
Des freuet sich der Engel Schar.
Kyrieleis.

Des ewgen Vaters einig Kind
Jetzt man in der Krippen findt;
In unser armes Fleisch und Blut
Verkleidet sich das ewig Gut.
Kyrieleis.

Den aller Welt Kreis nie beschloß,
Der liegt in Marien Schoß,
Er ist ein Kindlein worden klein,
Der alle Ding erhält allein.
Kyrieleis.

Das ewig Licht geht da herein,
Gibt der Welt ein neuen Schein;
Es leucht wohl mitten in der Nacht

Und uns des Lichtes Kinder macht.
Kyrieleis.

Der Sohn des Vaters, Gott von Art,
Ein Gast in der Welte ward
Und führt uns aus dem Jammertal,
Er macht uns Erben in seinm Saal.
Kyrieleis.

Er ist auf Erden kommen arm,
Daß er unser sich erbarm
Und in dem Himmel mache reich
Und seinen lieben Engeln gleich.
Kyrieleis.

Das hat er alles uns getan,
Sein groß Lieb zu zeigen an.
Des freu sich alle Christenheit
Und dank ihm des in Ewigkeit.
Kyrieleis.

Peter Ufer

Der Heilige Abend
der vergessenen Frauen

Ich fahre zu Weihnachten immer ins Erzgebirge, aber sorgte mich dieses Jahr ein wenig um meinen einsamen Nachbarn. Es könnte passieren, dachte ich, der ältere Mann sitzt am Vierundzwanzigsten am Ende allein in seiner Wohnung und beschert sich mit Trübsal und Promille.

Doch als wir uns drei Tage vorher trafen, beruhigte er mich. Er erklärte, dass er den Heiligen Abend mit Oma verbringen werde. Ich sah ihn ungläubig an, denn dass seine Großmutter noch lebte, schien mir ziemlich unwahrscheinlich. »Nein, nein«, sagte er, »die ist tot.« Aber auf den Fluren der Altersheime stünden am Weihnachtsmorgen massenweise ältere Damen, die glaubten, dass einer sie abhole, obwohl keiner sie abholen kam.

Offensichtlich litten nicht sie, sondern ihre Kinder an Alzheimer. Mein Nachbar sagte: »Den Omas ist ganz klar, dass heute die Familie zusammenkommt. Aber ihre Nachfahren haben sie einfach vergessen. Diese Weihnachtsgedächtnislücke nutze ich.« Ich sah ihn fragend an. Er erklärte, dass er mit einem Lächeln auf die Frauen zugehe und dann eine oder auch zwei in sein

Auto einlade. »Aber das ist doch eine klassische Entführung«, warf ich ihm vor.

»Was für ein Unsinn«, entgegnete mein Nachbar. »Ich rette sie.« Es handele sich aus seiner Sicht um Mietomas. Er habe schon vor Jahren Altersheimen vorgeschlagen, dass sie die vergessenen Frauen für ein ordentliches Salär im Internet anbieten sollten. »Man kann doch auch bei der Agentur für Arbeit Studenten als Weihnachtsmänner buchen«, sagte er. Außerdem sei jeder der älteren Damen ein ausführlicher Beipackzettel beigelegt. Dort wären der Zeitpunkt für die Rückkehr, die Medikamenteneinnahme, Essgewohnheiten sowie persönlichkeitsbedingte Eigenheiten notiert. »Das ist perfekt organisiert.«

Vergangenes Jahr habe er dummerweise die Zettel nicht richtig gelesen und deshalb nicht beachtet, dass eine der Frauen unter einer Allergie gegen das Aufreißen von Geschenkpapier litt. Noch während der Bescherung musste er einen Rettungswagen rufen und habe sich deshalb eine Rüge des Altersheimes eingehandelt. Die andere Oma verhakte sich mit ihrem Gebiss in seinen Plätzchen. Aber mit einigen Litern Kaffee habe er nach zwei Stunden die Zähne vom Backwerk lösen können.

Mir erschien das ziemlich pietätlos, aber mein Nachbar sah glücklich aus. Er versprach, diesmal die Oma-Gebrauchsanweisung vorher ganz genau zu lesen.

Denn es gebe etwas, was die Heilig-Abend-Seniorinnen niemals vergessen würden mitzubringen: die Geschenke.

Lene Voigt
In dn Dee barr Drebbchen Rum

In dn Dee baar Drebbchen Rum
Brachten noch geen Menschen um.
Wenn mersch nur nich iberdreibt
Un's ähm bei baar Drebbchen bleibt.

Wie behaachlich un wie wohl
Schtreemt ä bißchen Algohol
Jeden in sein Gorbus nein.
Das braucht geener zu berein.

Noch drzu, wenn's draußen schtärmt,
Merkt mer ärscht, wie sowas wärmt,
Schbiert in jeder Ader dann,
Wenn de Drebbchen drin gomm an.

Grabbelnse nuff in de Schtern
Un noch heher ins Gehern,
Gähmse dn Gedanken Schwung,
Bis ä neies Lied gesung'.

Sowas nennt mer »inschbiriern«.
Oft schon tat ich's ausbrobiern.
Doch jetz här ich lieber uff,
Sonst schbricht eener noch von Suff.

Tom Pauls

Karpfen blau

Es handelt sich bei diesem Rezept um ein Traditionsgericht, das nach den Feiertagen mundgerecht serviert wird. Ich möchte Ihnen das Geheimnis der Zubereitung hier erstmals exklusiv kredenzen.

Erstens: Wir benötigen einen frischen Karpfen, den der Fischhändler ihres Vertrauens für Sie bereithält. Mein Fischhändler empfiehlt stets einen Moritzburger, den er vor meinen Augen spaltet und dann vierteilt. Die halben Portionen sollten außenherum schön schleimig sein, denn das macht den Karpfen am Ende so herrlich blau. Doch das allein reicht nicht.

Wichtiger Hinweis: Waschen Sie sich beim Zubereiten in der Küche immer wieder die Hände, denn so ein Fisch ist eine glitschige Angelegenheit. Ein Moritzburger kann dem Koch schnell mal durch die Finger flutschen, und dann liegt er am Boden oder unterm Tisch. Da gehört er aber nicht hin, sondern in den Topf, wo er in einem gewürzreichen Sud schwimmen soll.

Wir sind bei drittens: Sie benötigen neben dem Karpfen einen Topf Wasser und darin, klein geschnitten, Möhren, Staudensellerie, Zwiebeln und dazu ein Lorbeerblatt. Das Gemüse soll richtig ausgelaugt werden, um sein Aroma vollständig abzugeben.

Nächstens: Während der Sud auf dem Herd vor sich hin köchelt, schüttet der gelernte Koch Salz und Pfeffer dazu. Um den Geschmack des Gemüses besonders hervorzuheben, nehmen sich echte Karpfen-blau-Experten viel Zeit. Zeit gehört zu der wichtigsten Zutat eines guten Fischgerichtes. Wir schauen uns also gelassen im Wohnzimmer um, was von der Bescherung so alles übrig geblieben ist. Jetzt kommt die einmalige Gelegenheit, in aller Ruhe die Geschenke zu genießen. Wir öffnen einen Karton, den vermutlich Onkel Heinz unter den Weihnachtsbaum gelegt hat. Was ist das? Unter dem Deckel kommt ein echter Kubaner zum Vorschein – Rum von der Karibikinsel! Anbei ein Zettel, auf dem steht: Dieser Kubaner ist schön süß, ein einzigartiges Vergnügen, aromatisch-fruchtig, geschmeidig und leicht.

Wo sind wir stehen geblieben? Karpfen blau, genau. Nicht vergessen, den Rum kosten. Wir müssen uns von seinem guten Geschmack überzeugen. So ein Kubaner ist erst ein richtiger Rum, wenn er uns spanisch vorkommt. Jetzt auf das Leben trinken, es lebe das Leben. »Viva la vida!« Ja, so lässt es sich kochen. »Viva la vida!« Na, wenn das so ist, noch einen Schluck bitte. »Viva la vida!«

Soundsovieltens: Jetzt ist der Moment gekommen, wo das Wasser wallt und wir noch mal nachwürzen. Wir wollen ja einen besonders köstlichen Karpfen. Nach dem Abschmecken bleibt Zeit, das nächste Geschenk zu inspizieren. Wir packen es aus. In dem nächsten Karton befindet sich eine feine Flasche Cognac. Doch nicht vergessen: Schluck für Schluck abschmecken. So ein Franzose kann sehr vollmundig daherkommen. Er spricht für sich: »Vive la vie!« Na also, so fühlen wir uns gleich viel lebendiger.

Nächstensnächtens: Wenn dieser Trinkspruch nicht reicht, dann ein weiteres Paket aufreißen. Das ist von Iwan, dem Köstlichen, der reinen Seele, ein Wodka. So ein Russe bringt alles gewaltig in Wallung. Sagenhaft: »Да здравствует жизнь!« Der Karpfensud braucht unbedingt seine Zeit. Deshalb jetzt den Karton von Onkel Jon mit dem Whisky auspacken und hinter die Binde gießen: »Long live the life!«

Nächstensnächtensnächtens: Wir schmecken nun den Sud ab und schmecken, dass er noch etwas braucht. Da

besteht die Möglichkeit, sich nach einem Geschenk-
karton umzusehen, in dem eine Flasche Tokajer liegt.
Der kommt direkt aus Tokaj. Der Ungar verspricht: »Él-
jen az élet!« Der Karpfen schluckt sehr viel weg, also
keine Angst. Zu viel ist nie zu viel, genug ist nie genug.
Das Rezept verträgt noch einen italienischen Grappa,
vielleicht einen Nardini Grappa Riserva, Single – das
muss man wörtlich nehmen: »Viva la vita!« Verstehen
Sie?! »Viva la vita.« Rein damit!

Zwanzischdens: Auf keinen Fall, all, also kein, nein,
nein, niemals, Fall, niemals nie nicht hoch-, hochprozentigen Brandweihessisch, also Essisch trinken. Das
versaut alles. Klar. Auf keinen Fall! Sondern nur hoch-,
also wenns geht, hochprozentigen Branntwein aus
einem Geschenkpaket zerren. Isss das klar! Auf jeden
Fall. Denn wir wollen ja gut schmecken. Karpfen blau.
Blau, ja blau sind alle meine Fische, blau, ja blau ist alles,
was ich koch. Darum lieb ich alles, was so blau kocht,
weil mein Schatz ein Karpfen ist.

Aber wo ist denn der Fisch, verdammt, ich hatte das
Schwimmvieh, ich hatte das Schuppenflossenkiemen-
ding doch hier, genau hierhin verlegt. Dasdarfdochwo-
nichwahrsein! Hände waschen nicht vergessen. Jetzt
schwimmt der Moritzburger unterm Tisch. Ist auch
egal, egal, egal, wer braucht denn schon den Fisch frisch

auf den Tisch. Fischers Fizke, fidsche frische Ifsche, Ifsche Fizke fidsdche Ifersch Fidzke. Verstehs de! Da nehmen wir noch einen Schluck aus den Geschenk-flaschen, aus jeder Flasche und rufen uns zu: »Viva la жизнь, live is élet vita!«

Letzendlichendlich: Da ist ja, ja, ja das nasse Tierchen, da ist er. Der Karpfen macht blau. Kommst du her, du, du. Kommst du her, ich krieg disch. Oooooo! Da liegt er am Boden. Hände waschen, hatte ich gesagt. Wir be-gießen ihn auf den Fliesen, jetzt sofort, mit dem, was noch da ist vom Rumcognacwodkawhisky mit Toka-jergrappabranntwein: »Zum Wohl, por el beneficio, salutations. На здоровье, cheers, egészségére, saluti!« Ende blau, alles blau.

Zum Fisch gibt es am nächsten Morgen saure Gurken, Rollmops, Matjes und Konterbier: »So muss ä Garfn blau schmeggn. Enne Legge. Guddn Abbedied!«

Joachim Ringelnatz

Zu einem Geschenk

Ich wollte dir was dedizieren,
Nein, schenken, was nicht zuviel kostet.
Aber was aus Blech ist, rostet,
Und die Messing-Gegenstände oxydieren.
Und was kosten soll es eben doch.
Denn aus Mühe mach ich extra noch
Was hinzu, auch kleine Witze.
Wär bei dem, was ich besitze,
Etwas Altertümliches dabei – –
Doch was nützt Dir eine Lanzenspitze!
An dem Bierkrug sind die beiden
Löwenköpfe schon entzwei.
Und den Buddha mag ich selber leiden.
Und du sammelst keine Schmetterlinge,
die mein Freund aus China mitgebracht.
Nein – das Sofa und so große Dinge
Kommen überhaupt nicht in Betracht.
Außerdem gehören sie nicht mir.
Ach, ich hab die ganze letzte Nacht,
Rumgegrübelt, was ich dir
Geben könnte. Schlief deshalb nur eine,

Allerhöchstens zwei von sieben Stunden,
Und zum Schluß hab ich doch nur dies kleine,
Lumpige, beschißne Ding gefunden.
Aber gern hab ich für dich gewacht.
Was ich nicht vermochte, tu du's: Drücke du
Nun ein Auge zu.
Und bedenke,
Daß ich dir fünf Stunden Wache schenke.
Laß mich auch in Zukunft nicht in Ruh.

Peter Ufer

Tantes Weihnachten

Meine Tante lud jedes Jahr zum ersten Weihnachtsfeiertag ein. »Ist es schon wieder so weit?«, fragte sie
meinen Onkel. Und der sagte »Ja.« Jedes Jahr.

Dann schaute meine Tante auf ihre lange Liste.
Dort waren all jene Personen verzeichnet, die ihrer
Pflicht nachgekommen waren, Tante zum Weihnachts-
fest herzliche Grüße zu senden. Letztes Jahr hatten es
summa summarum 66 Namen auf das Papier geschafft.
»Da habe ich mich so gefreut«, sagte meine Tante zu
mir. Ich war gerade zwölf Jahre jung und verstand ihre
Freude nicht ganz. Sie sagte: »Auch die Verwandtschaft
aus Geilenkirchen hat geschrieben, die Freundin aus
Langweiler, die Volkssolidarität und der Bofrost.« Viel-
leicht hat sie da auch was verwechselt. Aber sie sagte es.
Jedes Jahr.

Dann klingelte es an der Tür, und die alleinstehende
Frau aus dem Nachbarhaus stand im Hausflur: »Al-
les erdenklich Gute, meine Gute, zum Weihnachtsfest.
Danke für die Einladung und dazu beste Gesundheit.
Denn ohne Gesundheit ist man ja, und auch Sie, immer
nur krank.« Meine Tante nickte und wollte etwas ent-

gegnen, aber die andere kam ihr zuvor: »Ist das Jahr bei Ihnen auch schon wieder rum. Es ist bei Ihnen nicht zu übersehen, wie die Jahre vergehen. Die Einschläge kommen immer näher. Ja. Wie geht's denn, meine Gute?«

Meine Tante lächelte, die Frau sagte: »Ach, es geht so, nu, das ist ja die Hauptsache.« Meine Tante wollte sich gern setzen. Die Frau meinte: »Die Beine sind wohl wieder offen. Was sagt denn der Doktor? Es wäre eine Erlösung!? Ja, für uns alle, für uns alle.« So war das jedes Jahr.

Dann klingelte es wieder, langsam füllte sich die Stube mit der ganzen Verwandtschaft. Alle saßen um den Tisch und aßen Gans. Wenn der Weihnachtsbraten aufgegessen war, gingen die Frauen abwaschen. Die Männer am Stubentisch tranken Bier, Doppelkorn und Wodka aus Flaschen, und sie spielten Skat. Jedes Jahr.

Ich saß unter dem Tisch und hörte die Rufe der Männer: »Achtzehn, zwanzig, passe, ei der Daus, Reh. Nullewehr, Rodada die Löwenbraut, du Hornochse, Drück-dich-in-den-Skat.« Plötzlich rief mein Onkel: »Da habe ich die ganze Hand voller Wenzel und bringe das Blatt wieder nicht nach Hause.«

Ich wollte gern mitspielen, krabbelte auf seinen Schoß und fragte, wie das Spiel gehe. Er sagte: »Das ist ganz einfach, mein Kleiner. Der Wenzel ist der Under, also der Bube. Der Ober ist der Ober, also die Dame. Der König ist der König, aber Eichel ist Kreuz, Grün ist

Pik, Rot Herz, Schellen Karo und das Daus ist ein Ass.«
Ich verließ den Schoß meines Onkels und ging in die
Küche zu den Frauen.

Die standen da mit meiner Tante vor dem Abwasch-
tisch und süffelten, abwechselnd Eierlikör und Glüh-
wermutwein. Sie schwatzen über die schlechte Versor-
gungslage und bereiteten aus Stollen, Mohnstollen und
Butterplätzchen, aus Butterplätzchen, Mohnstollen und
Stollen ein Kaffeetrinken, das für die gesamten Streit-
kräfte des Warschauer Paktes gereicht hätte. Tante sagte
nur: »Furchtbar, es gibt ja nichts.« Jedes Jahr.

Einer der vier Skat-Männer musste immer aussetzen,
kam dann in die Küche, griff sich ein Plätzchen. Wenn
mein Onkel die Küche betrat, erzählte er einen Witz.
Diesmal fragte er: »Kennt ihr den: Geht ein Sachse in
ein Haus und fragt einen anderen Sachsen: ›Se wärn
entschuldschn bidde, wohnd hier in ihrm Haus ä gewis-
ser Vochl.‹ Der andere sagt: ›Ja, in dorr dridden Edage,
Rabe heeßd dorr.‹« Alle lachten, nur meine Tante
sagte: »Hör auf, den erzählst du doch jedes Jahr.«

»Warte doch mal«, sagte mein Onkel. Und weiter ging's: »Nach vielen Jahren begegnen sich zwei
Freunde wieder. Der eine hat mächtig zugelegt. Da fragt
der Freund den Dicken: ›Na, du hasd ja ä rischdsches
Genussgewölbe vorne dran. Wieso bisde dänne so dick
gewordn?‹ Sagt der Dicke: ›Ganz eefach. Wenn ich
schbäd abends vom Diensd heemkomm, da lege ich

mich nachm Essen ins Bedde. Und dann greife ich mid meiner Hand zu meiner Frau. Und da sagd die immer: Is was? Na und da schdeh ich wieder off und ess was.<«

Alle lachten, nur meine Tante nicht: »Hör auf, ich kann deine alten Witze nicht mehr hören.« Mein Onkel umarmte die Frau aus dem Nachbarhaus, gab ihr einen Kuss, zwinkerte meiner Tante zu und sagte: »Konkurrenz belebt das Geschlecht.« Und dann sagte er: »Einen habe ich noch: Kommt ein Mann besoffen nach Hause, lärmt sich in sein Bett und schnarcht ein.« Mein Onkel schlug sich auf die Schenkel. Die Frauen lachten. Nur meine Tante nicht. Der Witz war ja auch noch nicht zu Ende. Also erzählte mein Onkel weiter. Jedes Jahr.

»Am nächsten Morgen kommt die Frau des Mannes, lächelt ihn freundlich an, bringt frische Brötchen und eine Tasse Kaffee und sacht: ›Gudn morchn mei Lieber.‹« Mein Onkel tat jetzt so, als wäre der Witz zu Ende und ging zur Tür. Aber die Frau aus dem Nachbarhaus meinte, dass doch da noch was kommen müsse, und holte meinen Onkel wieder zurück. Er ließ sich von ihr ein Plätzchen mit frischer Marmelade in den Mund schieben. Er kaute, und einen Augenblick später lief ihm aus dem Mundwinkel Marmeladensaft auf sein weißes Hemd. Jedes Jahr.

Dann erzählte er weiter: »Der Mann fragt seine Frau: ›Sage mal, ich bin gestern besoffn heemgekomm, hab rumgelärmt und mich ins Bedde geschmissn, und du bistd so freundlich zu mir, wieso denn das?‹ Die Frau antwortet: ›Als du da auf dem Bett lagst und ich dich ausziehen wollte, da hast du gesagt: Finger weg, du Schlampe, ich bin verheiratet!‹«

Mein Onkel krümmte sich vor Lachen. Ein Stück des Plätzchens kam aus seinem Mund geschleudert. Die Frau aus dem Nachbarhaus wollte wissen, was denn nun der Witz an der Sache sei. Jedes Jahr. Da konnte mein Onkel nicht mehr an sich halten und rief: »Die weeß ni, was …, die weeß nischd.« Er konnte nicht weitersprechen, sondern lachte immerfort. Und meine Tante rief: »Höre du auf, höre auf.«

Mein Onkel holte Luft, hustete, lief rot an, lachte immer weiter. Jedes Jahr. So war es auch zu diesem Weihnachtsfest 1981. Aber diesmal hörte er nicht auf, sondern lachte immer weiter, immer weiter. Er holte keine Luft mehr, er wurde immer röter, dann blau, er hustete und fiel um. Die Frau aus dem Nachbarhaus sagte: »Ich glaube, der hat sich totgelacht.« Meine Tante sagte: »Jetzt hat er wenigstens aufgehört. Manchmal, da macht der sich mit seinen Witzen so klein, dabei ist der gar nicht so groß.«

Tom Pauls und Peter Ufer

Der Advents-Abreißkalender

Ein Haustürgespräch zwischen
Herrn Masche und Frau Strumpf

M: Guten Tag Frau Strumpf … Entschuldigen Sie, Frau Strumpf, möchten Sie einen Kalender für das nächste Jahr haben?

S: Guten Tag, Herr Masche! Ich kann solche Haustürgeschäfte überhaupt nicht leiden. Kommen Sie rein. Wollen Sie mir wirklich einen Kalender verkaufen?

M: Ich möchte Ihnen den Kalender schenken.

S: Sie haben mir doch noch nie was geschenkt. Wo ist denn da der Haken?

M: Der Haken ist hier oben dran, da können Sie den Kalender das ganze Jahr aufhängen.

S: Haben Sie zwei Kalender und geben mir einen ab? Oder warum schenken Sie mir das Ding?

M: Ich brauche keinen Jahreskalender mehr.

S: Das hört sich aber gar nicht gut an, Masche. Was machen Sie denn im nächsten Jahr ohne Kalender?

M: Ohne Kalender komme ich nicht in Versuchung, Termine einzutragen. Denn es gibt keine Termine mehr.

S: Wie bitte, es werden keine Termine mehr geliefert?

M: Wir sind geliefert. Es lohnt sich doch nicht mehr, Termine zu machen, denn die werden sowieso alle abgesagt. Also brauche ich auch keinen Kalender. Höchstens einen Abreißkalender.

S: Aber ich soll in den Jahreskalender Termine eintragen, die es sowieso nicht gibt. Ich wusste es, Masche, es gibt also doch einen Haken!

M: Nein, Sie können doch meinen Geburtstag, Ostern und Weihnachten eintragen, dann vergessen Sie nicht wieder, mir was zu schenken.

S: Na, das ist wieder mal typisch: Erst machen Sie keine Termine mehr, und dann planen Sie doch wieder was ein.

Joseph von Eichendorff

Winternacht

Verschneit liegt rings die ganze Welt,
Ich hab nichts, was mich freuet,
Verlassen steht der Baum im Feld,
Hat längst sein Laub verstreuet.

Der Wind nur geht bei stiller Nacht
und rüttelt an dem Baume,
Da rührt er seinen Wipfel sacht
Und redet wie im Traume.

Er träumt von künft'ger Frühlingszeit,
Von Grün und Quellenrauschen,
Wo er im neuen Blütenkleid
Zu Gottes Lob wird rauschen.

Textnachweis

Wilhelm Busch

Die Meise
Aus: Wilhelm Busch. Hundert Gedichte. Aufbau-Verlag, 2007.

Joseph von Eichendorff

Weihnachten
Aus: In unsern Träumen weihnachtet es schon. Vorfreude mit Fallada, Tucholsky & Co. Aufbau Verlag, 2012.

Winternacht
Aus: Werke. Biographische Einleitung und Gedichte, 1. Band. Voigt & Günther, 1864.

Wünschelrute
Aus: Gesammelte Werke. Band 1: Gedichte, Nachlese, Die Feier. Aufbau-Verlag, 1962.

Heinrich Heine

Die heil'gen drei Könige
Aus: Morgen, Kinder, wird's was geben. Gedichte zur Weihnachtszeit. Aufbau-Verlag, 2001.

Theodor Fontane

Alles still!

Aus: Gedichte. Große Brandenburger Ausgabe, Band 1, hrsg. von Gotthard Erler. Aufbau-Verlag, 1995.

August Heinrich Hoffmann von Fallersleben

Der Traum

Aus: Gesammelte Werke. hansebooks, 2017.

Vom Honigkuchenmann

Aus: Kinderlieder. Herausgegeben von Lionel von Donop. Georg Olms Verlag, 1976.

Bernd-Lutz Lange

Einmal im Jahr

Aus: Ratloser Übergang. In meinem neuen Deutschland. Gustav Kiepenheuer, Berlin 2006 © Aufbau Verlag, 2006, 2008.

Martin Luther

Ein Lobgesang von der Geburt unsers Jesu Christi

Aus: Wenn der Christbaum blüht. Die hundert schönsten Weihnachtsgedichte. Aufbau-Verlag, 2007.

Christian Morgenstern

Die zwei Wurzeln

Aus: Galgenlieder. Fischer Taschenbuch, 2008.

Morgensonne im Winter

Winternacht

Aus: Weihnachten mit Christian Morgenstern. Insel Verlag, 2010.

Rainer Maria Rilke

Advent

Aus: In unsern Träumen weihnachtet es schon. Vorfreude mit Fallada, Tucholsky & Co. Aufbau Verlag, 2012.

Es gibt so wunderweiße Nächte

Aus: Wenn der Christbaum blüht. Die hundert schönsten Weihnachtsgedichte. Aufbau-Verlag, 2007.

Joachim Ringelnatz

Einsiedlers Heiliger Abend

Aus: Wenn der Christbaum blüht. Die hundert schönsten Weihnachtsgedichte. Aufbau-Verlag, 2007.

Es schneit

Zu einem Geschenk

Aus: Gesammelte Werke, Anaconda, 2015.

Schenken

Aus: In unsern Träumen weihnachtet es schon. Vorfreude mit Fallada, Tucholsky & Co. Aufbau Verlag, 2012.

Mario Süßenguth

Ilse Bähnert quarkt rein

Aus: Tom Pauls / Mario Süßenguth: Ilse Bähnerts süßes Sachsen. edition Sächsische Zeitung, 2012. © Mario Süßenguth.

Kurt Tucholsky

Weihnachten

Aus: Weihnachten mit Kurt Tucholsky. Fischer Taschenbuch, 2010.

Lene Voigt

Ä Schwärgebriefter

An ä Gachelofen

Bratäbbel

Dr Schneemann

Oba vergoldet Nisse

Sächsisches Winter-Idyll

Aus: Mir Sachsen. Werke, Band 1. Connewitzer Verlagsbuchhandlung, 2004.

Dr Abbel un de Nuß

In dn Dee baar Drebbchen Rum

Aus: Das große Lene Voigt Buch, Verlag Sachsenbuch, 1997.

Ein Kachelofen träumt

Aus: Fernes Erinnern. Werke, Band 6. Connewitzer Verlagsbuchhandlung, 2011.

Etwas muss man doch fürs Herze tun
Tierische Weihnachten mit Vicki Baum, Hans Fallada,
Friedrich Wolf u. a.
128 Seiten. Gebunden
ISBN 978-3-351-03833-5

Tierische Weihnachten – mit Karpfen, Pony, Dackel und der Weihnachtsgans Auguste

Die schönsten Weihnachtsklassiker zum Fest, das seinen Zauber erst dann richtig entfaltet, wenn Mensch und Tier es gemeinsam begehen. Denn wenn der »beste, vollkommenste Superweihnachtskarpfen« noch in der Badewanne schwimmt, wenn die entlaufenen Ponys die alte Kantine in einen Weihnachtsstall verwandeln, wenn die appetitlich fette Gans weder im Gänsehimmel noch auf dem Tisch landet – dann endlich hat alles seine weihnachtliche Ordnung. Was Opernsänger Luitpold Löwenhaupt zum Kauf der Weihnachtsgans Auguste bewegt, stimmt schließlich alle Jahre wieder: »Etwas muss man doch fürs Herze tun!«

Mit Texten u. a. von Vicki Baum, Hans Fallada, Janosch, Herbert Rosendorfer, Erwin Strittmatter und Friedrich Wolf.

Regelmäßige Informationen erhalten Sie über unseren Newsletter.
Jetzt anmelden unter: www.aufbau-verlage.de/newsletter